鲁迅◎著

张梦阳◎编

鲁迅品人录

图书在版编目（CIP）数据

鲁迅品人录 / 鲁迅著；张梦阳编 . -- 北京 ：华文出版社，2024. 12. -- ISBN 978-7-5075-5982-8

Ⅰ . I210.2

中国国家版本馆CIP数据核字第2024S41D54号

鲁迅品人录

著　　者：鲁　迅
编　　者：张梦阳
责任编辑：张明华
出版发行：华文出版社
地　　址：北京市西城区广外大街305号8区2号楼
邮政编码：100055
网　　址：http：//www.hwcbs.cn
电　　话：编 辑 部 010-58336259
　　　　　总 编 室 010-58336239　　发 行 部 010-58336202
经　　销：新华书店
印　　刷：三河市航远印刷有限公司
开　　本：880mm×1230mm　1/32
印　　张：7.75
字　　数：152千字
版　　次：2024年12月第1版
印　　次：2024年12月第1次印刷
标准书号：ISBN 978-7-5075-5982-8
定　　价：49.80元

版权所有，侵权必究

目录

| 综 述 | 鲁迅"品人"的智慧 / 张梦阳 | 002 |

鲁迅语萃

1. 阅历与读书　　014
2. 知人论世　　014
3. 自知之明与知人之明　　016
4. 谈世故　　017
5. 关于老实人　　019
6. 关于文人　　019
7. 关于礼教　　020
8. 关于爱国　　021
9. 中国人的面子　　022
10. 国民的性格　　022
11. 主子与奴才　　024
12. 生存与进化　　025

13. 女人的节烈　　　　　　　025
14. 阿Q的现世报　　　　　　026
15. 破落户子弟　　　　　　　026
16. 巧滑之徒　　　　　　　　026
17. 皇帝、农民起义领袖的心理　027
18. 对友人的品评　　　　　　029
19. 对青年人的品评　　　　　031
20. 对青年朋友的提醒　　　　032
21. 对许广平的叮咛　　　　　033
22. 中国的脊梁　　　　　　　035

上　编

鲁迅文选

在现代中国的孔夫子　　　038
张献忠　　　　　　　　　045
谈金圣叹　　　　　　　　047
三味书屋的先生　　　　　050
我的第一个师父　　　　　053
父亲的病　　　　　　　　061
阿长与《山海经》　　　　067
中山先生逝世后一周年　　074
关于太炎先生二三事　　　076
范爱农　　　　　　　　　080

我的兄弟	088
钱玄同	091
李大钊	093
刘半农	096
略论梅兰芳及其他（上）	101
略论梅兰芳及其他（下）	103
我与孙伏园及《语丝》	105
林语堂	115
柔石小传	118
忆韦素园君	120
为了忘却的记念	127
记念刘和珍君	138
白莽作《孩儿塔》序	144
记"杨树达"君的袭来	146
徐懋庸	154
周海婴	169
阿　金	177

中　编

上海的少女	182
上海的儿童	184
北人与南人	186

论俗人应避雅人　　　188

隐　士　　　191

导　师　　　194

谈皇帝　　　196

我谈"堕民"　　　199

名人和名言　　　201

下　编

拿破仑与隋那　　　205

陀思妥夫斯基的事　　　207

萧伯纳　　　210

哈谟生的几句话　　　221

藤野先生　　　225

埃罗先珂　　　232

阿尔志跋绥夫　　　234

综述

鲁迅"品人"的智慧

张梦阳

1

1936年4月5日(鲁迅离世前半年零半个月),鲁迅在致王冶秋的信中感慨道:"我的文章,未有阅历的人实在不见得看得懂,而中国的读书人,又是不注意世事的居多,所以真是无法可想。"显露出这一代文化巨人临终前心境的绝望与悲凉。

所谓"阅历",就是鲁迅一生总结的四个字:"知人论世"。要"知人",就须对人反复"品味",反复"咂摸"。世上难事甚多,而对人的品味,"品"出人的正邪、善恶、智愚、廉贪、厚薄,"咂"到人的根性、心术、欲望、脾气、伎俩,即善于"品人",则是难中之难,重中之重!从交友、收徒、世事往来,到政治领导、经济管理,再到做学问的评史论文,无不与"品人"紧密相连。"品人"正确、深刻，则事利；错误、肤浅，则事败。几乎是事事人人无法逾越的定则。通过鲁迅的"品人"，我们可以得到很多智慧的启迪。

"刘伶喝得酒气熏天，使人荷锸跟在后面，道：死便埋我。虽然自以为放达"，有人也相信甚至崇拜。但鲁迅却一针见血地指出，这"只能骗骗极端老实人"。

与刘伶同属"竹林七贤"的嵇康、阮籍等，被当权者诬为"非汤武而薄周孔"，于是后人就骂嵇康阮籍"毁坏礼教"。鲁迅认为："表面上毁坏礼教者，实则倒是承认礼教，太相信礼教。因为魏晋时所谓崇奉礼教，是用以自利。"

许寿裳先生说，鲁迅先生"知人论世，总是比别人深刻一层"，这真是最确切的评价。

2

过去几十年来，鲁迅研究一直认为鲁迅后期超越前期，实现了世界观的转变与思想上的飞跃；近些年有些论者，又跳到另一极端，认为鲁迅后期倒退了，远远不如前期。我则认为鲁迅后期有退步，也有进展，在"品人"这点上有所深化。

1934年斯诺向鲁迅问道："难道你认为现在阿Q依然跟以前一样多吗？"鲁迅大笑道："更坏，他们现在管理着国家哩。"这正说明鲁迅是从人的本性上"品人"的，没有简单地用阶级论观点"量"人。

而"品人"达到令人战栗深度的，则是1934年鲁迅读过

《清代文字狱档》之后写的两篇文章：《隔膜》与《买〈小学大全〉记》。

《隔膜》，写的是鲁迅从《清代文字狱档》中发现的一件案例：乾隆四十八年（1783）二月，山西临汾县生员冯起炎，闻乾隆将谒泰陵，便身怀著作，在路上徘徊，意图逞进，不料先以"形迹可疑"被捕了。那著作，是以《易》解《诗》，实则信口开河，惟结尾有"自传"似的文章却很特别，大意是有两个表妹，可娶，而恨力不足以办此，想请皇帝协办。虽然幼稚至极，然而何尝有丝毫恶意？不过着了当时通行的才子佳人小说的迷，想一举成名，天子做媒，表妹入抱而已。不料结局却甚惨，这位才子被从重判刑，发往黑龙江等处给披甲人为奴去了。鲁迅对此案做出了极深刻的评析：

……这些惨案的来由，都只为了"隔膜"。

满洲人自己，就严分着主奴，大臣奏事，必称"奴才"，而汉人却称"臣"就好。这并非因为是"炎黄之胄"，特地优待，锡以嘉名的，其实是所以别于满人的"奴才"，其地位还下于"奴才"数等。奴隶只能奉行，不许言议；评论固然不可，妄自颂扬也不可，这就是"思不出其位"。

鲁迅这段洞察世情的评析，启发我们要"品"出"人"的本性，就必须透过表面现象的"隔膜"，去理解事物的本质，绝不可像冯起炎那样简单愚蠢，结果祸从天降。

《买〈小学大全〉记》，写的也是鲁迅从《清代文字狱档》中发现的一件案例：《小学大全》的编纂者尹嘉铨，他父亲尹会一，是有名的孝子，乾隆皇帝曾经给过褒扬的诗。他本身也是孝子，又是道学家，官又做到大理寺卿稽察觉罗学。还请令旗籍子弟也讲读朱子的《小学》，而"荷蒙朱批：所奏是。钦此。"后来又因编纂《小学大全》，得了皇帝的嘉许。到乾隆四十六年（1781），他已经致仕回家，本来可以安享晚年了，然而他却继续求"名"，写奏章给乾隆皇帝，请求为他父亲请谥，结果触怒龙颜，招致杀身之祸。

鲁迅对此案的评析是：尹嘉铨的"祸机虽然发于他的'不安分'，但大原因，却在既以名儒自居，又请将名臣从祀：这都是大'不可恕'的地方"。因为"乾隆是不承认清朝会有'名臣'的，他自己是'英主'，是'明君'，所以在他的统治之下，不能有奸臣，既没有特别坏的奸臣，也就没有特别好的名臣，一律都是不好不坏，无所谓好坏的奴子"。尹嘉铨招祸的原因与冯起炎相同，都是"骨奴而肤主"，表面上是学士、文人，骨子里却是奴才，"品"不出最高的奴隶主——皇帝的本性，也"不悟自己之为奴"，像阿Q那样对自己的奴隶地位与将死的命运毫无所知。

不认识自己的奴隶地位，又不认识世界、不认识人世最高统治者——皇帝的本质，缺乏最起码的悟性。这就是当时许多中国人，特别是中国的所谓的知识分子的悲剧。

鲁迅不仅有知人之明，而且还有"自知"之明，他在

《写在〈坟〉后面》中说：

> 倘说为别人引路，那就更不容易了，因为连我自己还不明白应当怎么走。中国大概很有些青年的"前辈"和"导师"罢，但那不是我，我也不相信他们。我只很确切地知道一个终点，就是：坟。然而这是大家都知道的，无须谁指引。问题是在从此到那的道路。

他只是做着"一木一石"的工作，从来不自命为什么"导师"。从实质上说，自知之明与知人之明，就是认识自己与认识世界。

3

从自身处境和他人位置的变化中"品人"，往往是"品"出世人"真滋味"的诀窍。鲁迅少年时代由于祖父科场案，家道中落，曾被人讥为"乞食者"，在从小康人家而坠入困顿的途路中，看到了世人的真面目，使他自小就形成了倔犟不屈、不甘被人奴役的"硬骨头"性格。到日本留学时期，更是不甘做亡国奴，要改变国人的精神，主张"尊个性而张精神"，做"精神界之战士"。自此一生，始终如一地反对人与人之间的"精神奴役"，愈到晚年，"抗拒为奴"的心理情结愈是强烈，愈是对奴隶和奴隶主高度敏感，对人与人之间的奴役关系愈是憎恶。

《答徐懋庸并关于抗日统一战线问题》对新奴隶主做了

入木三分的刻画。我觉得，这是鲁迅晚年给"人学"做出的最为重要的贡献，比以前刻画的"叭儿狗""乏走狗""癞皮狗""凶兽样的羊，羊样的凶兽"以及"二丑""阿金"等形象还要深刻得多！

这种新奴隶主，鲁迅称之为"文坛皇帝""元帅"等，概括起来看，主要有以下特征：

一、"抓到一面旗帜，就自以为出人头地，摆出奴隶总管的架子，以鸣鞭为唯一的业绩"。

二、比"'白衣秀士'王伦还要狭小的气魄"。

三、"表面上扮着'革命'的面孔，而轻易诬陷别人为'内奸'，为'反革命'，为'托派'，以至为'汉奸'"。

四、"拉大旗作为虎皮，包着自己，去吓呼别人；小不如意，就倚势（！）定人罪名，而且重得可怕的横暴者"。

五、两面派：这一点，在鲁迅1935年9月12日给胡风的信中刻画得更为活灵活现："以我自己而论，总觉得缚了一条铁索，有一个工头在背后用鞭子打我，无论我怎样起劲的做，也是打，而我回头去问自己的错处时，他却拱手客气的说，我做得好极了，他和我感情好极了，今天天气哈哈哈……"

六、"将败落家族的妇姑勃谿，叔嫂斗法的手段，移到文坛上。喊喊嚓嚓，招是生非，搬弄口舌，决不在大处着眼"。

还可以概括一些，但主要是以上六条。

鲁迅不是神。但他对人与人之间的"精神奴役"的"品味",的确有着超人的敏感,对历史确有着深刻的洞见。对新奴隶主的预见性"哑摸",乃是鲁迅一生"品人"的高峰。他不幸而言中,以后的历史恰恰是这种新奴隶主在不断地残酷做虐。

但无论在何种情况下,鲁迅都坚定地相信:

> 我们从古以来,就有埋头苦干的人,有拼命硬干的人,有为民请命的人,有舍身求法的人,……虽是等于为帝王将相作家谱的所谓"正史",也往往掩不住他们的光耀,这就是中国的脊梁。

4

对于有些青年人,鲁迅能一眼看破他们的幼稚可笑之处,传神地生动描绘出来。譬如他在1934年5月16日致郑振铎的信中说:

> 《新光》中作者皆少年,往往粗心浮气,傲然陵人,势所难免,如童子初着皮鞋,必故意放重脚步,令其橐橐作声而后快,然亦无大恶意,可以一笑置之。

但是对那些阴谋害人者,鲁迅则极为憎恶。他在同一封信中说:

> 但另有文氓,恶劣无极,近有一些人,联合谓我之《南腔北调集》乃受日人万金而作,意在卖国,称为汉

奸；又有不满于语堂者，竟在报上造谣，谓当福建独立时，曾秘密前去接洽。是直欲置我们于死地，这是我有生以来，未尝见此黑暗的。

因此鲁迅一再告诫青年人要小心。1934 年 11 月 5 日夜，他在给萧军、萧红的信中说：

上海有一批"文学家"，阴险得很，非小心不可。

七天之后，即 11 月 12 日给萧军、萧红的信中又叮咛道：

稚气的话，说说并不要紧，稚气能找到真朋友，但也能上人家的当，受害。上海实在不是好地方，固然不必把人们都看成虎狼，但也切不可一下子就推心置腹。

12 月 10 日夜，又叮嘱道：

名人，阔人，商人……常常玩这一种把戏，开出一个大题目来，热闹热闹，以见他们之热心。未经世故的青年，不知底细，就常常上他们的当；碰顶子还是小事，有时简直连性命也会送掉，我就知道不少这种卖血的名人的姓名。我自己现在虽然说得好像深通世故，但近年就上了神州国光社的当……

1935 年 3 月 13 日夜在信中，又提醒萧军、萧红：

所谓文坛，其实也如此（因为文人也是中国人，不见得就和商人之类两样），鬼魅多得很，不过这些人，你还没有遇见。如果遇见，是要提防，不能赤膊的。

这其实是强调他一贯主张的"壕堑战"，反对赤膊上阵。这一主张，正是鲁迅从多年"品人"的痛苦经验中总结出来的。

1936年5月25日，鲁迅在致青年作者时玳的信中感慨道：

一个未经世故的青年，真可以被逼得发疯的。

1933年10月31日致曹靖华信中告诫道：

青年思想简单，不知道环境之可怕，只要一时听得畅快，说得畅快，而实际上却是大大的得不偿失。

像鲁迅这样"深通世故"，却对青年抱一片忠厚热肠的人，真是世间难寻！

在《两地书》中鲁迅对爱人许广平的许多忠告，至今值得我们铭记、深省：

我疑心将来的黄金世界里，也会有将叛徒处死刑，而大家尚以为是黄金世界的事，其大病根就在人们各各不同，不能像印版书似的每本一律。

你好像常在看我的作品，但我的作品，太黑暗了，因为我常觉得惟"黑暗与虚无"乃是"实有",却偏要向这些作绝望的抗战,所以很多着偏激的声音。其实这或者是年龄和经历的关系,也许未必一定的确的,因为我终于不能证实:惟黑暗与虚无乃是实有。所以我想,在青年,须是有不平而不悲观,常抗战而亦自卫,倘荆棘非践不可,固然不得不践,但若无须必践,即不必随便去践,这就是我之所以主张"壕堑战"的原因,其实也无非想多留下几个战士,以得更多的战绩。

性急就容易发脾气,最好要酌减"急"的角度,否则,要防自己吃亏,因为现在的中国,总是阴柔人物得胜。

这些话只有深知中国社会的情形,"品人"到了极为深沉、老熟程度而又对青年怀着无比诚挚情感的鲁迅先生才能道得出。

5

鲁迅晚年最后评价的一个人,是他的业师章太炎。他在《关于太炎先生二三事》一文中做出这样的评价:"太炎先生虽先前也以革命家现身,后来却退居于宁静的学者,用自己所手造的和别人所帮造的墙,和时代隔绝了。""我以为先生的业绩,留在革命史上的,实在比在学术史上还要大。"青年时代在日本东京前去听讲,"并非因为他是学者,却为了他是有学问的革命家"。

其实,章太炎的主要贡献还是在学术文化方面,政治革命中的"以大勋章作扇坠,临总统府之门,大诟袁世凯的包藏祸心"等,当时具有轰动效应,但难说包含多少政治意义。"用宗教发起信心,增进国民的道德"等,更是"高妙的幻想",缺乏政治家的头脑。不宜对章太炎的"革命"抬得过高。

晚年的鲁迅把"革命"看得越来越重,将学问倒看得越来越轻了。这不仅有损于对人物的科学评价,而且与自己作为文化人的身份不符,使得自己在政治和琐事上耗去了过多的精力,没能写作他久已想写的《中国文学史》和《中国字体变迁史》,没能写出他久已构思的关于中国四代知识分子的长篇小说,因而给中国乃至全人类的思想文化史造成了不可弥补的缺憾,也影响了他本人的成就。鲁迅的文学成就在中国现代作家中是无人可比的,但就他潜在的天才而言,可以说是"未尽才"。

文化人就是文化人,他的功能、作用与贡献,主要在思想文化方面。要恰当地估计自己的位置,不要或过多地"越位",涉入自己并不适应的领域。这个教训,是值得当代文化人深入研究和深刻汲取的。

鲁迅如果多活几年,可能他会自省到这一点。

鲁迅语萃

1. 阅历与读书

我的文章，未有阅历的人实在不见得看得懂，而中国的读书人，又是不注意世事的居多，所以真是无法可想。（1936年4月5日致王冶秋的信）

我先前读但丁的《神曲》，到《地狱》篇，就惊异于这作者设想的残酷，但到现在，阅历加多，才知道他还是仁厚的了：他还没有想出一个现在已极平常的惨苦到谁也看不见的地狱来。（《且介亭杂文末编·写于深夜里》）

2. 知人论世

首在立人，人立而后凡事举。（《坟·文化偏至论》）

不能革新的人种，也不能保古的。（《华盖集·忽然想到·六》）

有谁从小康人家而坠入困顿的么，我以为在这途路中，大概可以看见世人的真面目。（《呐喊·自序》）

好人的子孙会吃苦，卖国者的子孙却未必变成堕民。（《准风月谈·我谈"堕民"》）

凡事无论大小,只要和自己有些相干,便不免格外警觉。(《华盖集·并非闲话》)

凡是自己善于在暗中播弄鼓动的,一看见别人明白质直的言动,便往往反噬他是播弄和鼓动,是某党,是某系;正如偷汉的女人的丈夫,总愿意说世人全是忘八,和他相同,他心里才觉舒畅。这种思想是卑劣的;我太多心了,人们也何至于一定用裙子来做军旗。(《华盖集·并非闲话》)

假使一个人还有是非之心,倒不如直说的好;否则,虽然吞吞吐吐,明眼人也会看出他暗中"偏袒"那一方,所表白的不过是自己的阴险和卑劣。(《华盖集·并非闲话》)

自称盗贼的无须防,得其反倒是好人;自称正人君子的必须防,得其反则是盗贼。(《而已集·小杂感》)

人到无聊,便比什么都可怕,因为这是从自己发生的,不大有药可救。(《两地书》第一集·二九)

有一回拿破仑过 Alps 山,说,"我比 Alps 山还要高!"这何等英伟,然而不要忘记他后面跟着许多兵;倘没有兵,那只有被山那面的敌人捉住或者赶回,他的举动,言语,都离了英雄的界线,要归入疯子一类了。(《坟·未有天才之前》。

注：Alps 山，即阿尔卑斯山。)

3. 自知之明与知人之明

首在审己，亦必知人，比较既周，爰生自觉。(《坟·摩罗诗力说》)

我的确时时解剖别人，然而更多的是更无情面地解剖我自己，发表一点，酷爱温暖的人物已经觉得冷酷了，如果全露出我的血肉来，末路正不知要到怎样。我有时也想就此驱除旁人，到那时还不唾弃我的，即使是枭蛇鬼怪，也是我的朋友，这才真是我的朋友。……

倘说为别人引路，那就更不容易了，因为连我自己还不明白应当怎么走。中国大概很有些青年的"前辈"和"导师"罢，但那不是我，我也不相信他们。我只很确切地知道一个终点，就是：坟。(《坟·写在〈坟〉后面》)

我知道我自己，我解剖自己并不比解剖别人留情面。(《而已集·答有恒先生》)

我们应该有"自知"之明，也该有知人之明：我们要知道他并不把中国的"舆论的谴责"放在心里，我们要知道中国的舆论究有多大的权威。(《且介亭杂文末编·"立此存照"(三)》)

其实，中国人是并非"没有自知"之明的，缺点只在有些人安于"自欺"，由此并想"欺人"。譬如病人，患着浮肿，而讳疾忌医，但愿别人胡涂，误认他为肥胖。妄想既久，时而自己也觉得好像肥胖，并非浮肿；即使还是浮肿，也是一种特别的好浮肿，与众不同。如果有人，当面指明：这非肥胖，而是浮肿，且并不"好"，病而已矣。那么，他就失望，含羞，于是成怒，骂指明者，以为昏妄。然而还想吓他，骗他，又希望他畏惧主人的愤怒和骂詈，惴惴的再看一遍，细寻佳处，改口说这的确是肥胖。于是他得到安慰，高高兴兴，放心的浮肿着了。（《且介亭杂文末编·"立此存照"（三）》）

4. 谈世故

人世间真是难处的地方，说一个人"不通世故"，固然不是好话，但说他"深于世故"也不是好话。"世故"似乎也像"革命之不可不革，而亦不可太革"一样，不可不通，而亦不可太通的。（《南腔北调集·世故三昧》）

"世故"深到不自觉其"深于世故"，这才真是"深于世故"的了。这是中国处世法的精义中的精义。（《南腔北调集·世故三昧》）

世上虽然有斩钉截铁的办法，却很少见有敢负责任的宣言。所多的是自在黑幕中，偏说不知道；替暴君奔走，却以局外人自居；满肚子怀着鬼胎，而装出公允的笑脸；有谁明说出自己所观察的是非来的，他便用了"流言"来作不负责任的武器：这种蛆虫充满的"臭毛厕"，是难于打扫干净的。(《华盖集·并非闲话》)

一个未经世故的青年，真可以被逼得发疯的。（1936年5月25日致时玳的信）

我真觉得不是巧人，在中国是很难存活的。（1936年4月23日致曹靖华的信）

据书目察核起来，我在过去的近十年中，费去的力气实在也并不少，即使校对别人的译著，也真是一个字一个字的看下去，决不肯随便放过，敷衍作者和读者的，并且毫不怀着有所利用的意思。虽说做这些事，原因在于"有闲"，但我那时却每日必须将八小时为生活而出卖，用在译作和校对上的，全是此外的工夫，常常整天没有休息。倒是近四五年没有先前那么起劲了。

但这些陆续用去了的生命，实不只成为徒劳，据有些批评家言，倒都是应该从严发落的罪恶。做了"众矢之的"者，也已经四五年，开首是"作恶"，后来是"受报"了，有几位论客，还几分含讥，几分恐吓，几分快意的这样"忠告"我。然而我自己却并不全是这样想，我以为我至今还是存在，只有将近十年没有创作,而现在还有人称我为"作者",却是很可笑的。

我想,这缘故,有些在我自己,有些则在于后起的青年的。在我自己的,是我确曾认真译著,并不如攻击我的人们所说的取巧,的投机。所出的许多书,功罪姑且弗论,即使全是罪恶罢,但在出版界上,也就是一块不小的斑痕,要"一脚踢开",必须有较大的腿劲。凭空的攻击,似乎也只能一时收些效验,而最坏的是他们自己又忽而影子似的淡去,消去了。(《三闲集·鲁迅译著书目》)

5. 关于老实人

刘伶喝得酒气熏天,使人荷锸跟在后面,道:死便埋我。虽然自以为放达,其实是只能骗骗极端老实人的。(《坟·写在〈坟〉后面》)

不以酒饭为重的老实人,却是的确也有的,要不然,中国自然还要坏。(《华盖集续编·送灶日漫笔》)

6. 关于文人

我以为作文人究竟和"大出丧"有些不同,即使雇得一大群帮闲,开锣喝道,过后仍是一条空街,还不及"大出丧"的虽在数十年后,有时还有几个市侩传颂。(《准风月谈·后记》)

官可捐,文人不可捐,有裙带官儿,却没有裙带文人的。(《准风月谈·后记》)

中国的文人,对于人生,——至少是对于社会现象,向来就多没有正视的勇气。我们的圣贤,本来早已教人"非礼勿视"的了;而这"礼"又非常之严,不但"正视",连"平视""斜视"也不许。(《坟·论睁了眼看》)

7. 关于礼教

但最引起许多人的注意,而且于生命有危险的,是《与山巨源绝交书》中的"非汤武而薄周孔"。司马懿因这篇文章,就将嵇康杀了。

············

然而后人就将嵇康阮籍骂起来,人云亦云,一直到现在,一千六百多年。季札说:"中国之君子,明于礼义而陋于知人心。"这是确的,大凡明于礼义,就一定要陋于知人心的,所以古代有许多人受了很大的冤枉。例如嵇阮的罪名,一向说他们毁坏礼教。但据我个人的意见,这判断是错的。魏晋时代,崇奉礼教的看来似乎很不错,而实在是毁坏礼教,不信礼教的。表面上毁坏礼教者,实则倒是承认礼教,太相信礼教。因为魏晋时所谓崇奉礼教,是用以自利,那崇奉也不过偶然崇奉,如曹操杀孔融,司马懿杀嵇康,都是因为他们和不孝有关,但实在曹操司马懿何尝是著名的孝子,不过将这个名义,加罪于反对自己的人罢了。于是老实人以为如此利用,亵黩了礼教,不平之极,无计可施,激而变成不谈礼教,不信礼教,甚至于反对礼教。——但其实不过是态度,至于他们的本心,恐怕倒是相信礼教,当作宝贝,比曹操司马懿们要迂执得多。现在说一个容易明白的比喻罢,譬如有一个军阀……从前是压迫民党的,后来北伐军势力一大,他便挂起了青天白日旗,说自己已经信仰三民主义了,是总理的信徒。这样还不够,他还要做总理的纪念周。这时候,真的三民主义的信徒,去呢,不去呢?不去,他那里就可以说你反对三民主义,定罪,杀人。但既然在他的势力之下,没有别法,真的总理的信徒,倒会不谈三民主义,或者听人假惺惺的谈起来就皱眉,好像反对三民主义模样。所以我想,魏晋时所谓反对礼教的人,有许多大约也如此。他们倒是迂夫子,将礼教当作宝贝看待的。(《而已集·魏晋风度及文章与药及酒之关系》)

8. 关于爱国

无根柢学问,爱国之类,俱是空谈;现在要图,实只在熬苦求学。(1920年5月4日致宋崇义的信)

今之君子,日日言爱国者,于国有诚为人爱而不坠于兽爱者,亦仅见也。(《坟·摩罗诗力说》)

9. 中国人的面子

"面子"究竟是怎么一回事呢?不想还好,一想可就觉得胡涂。它像是很有好几种的,每一种身份,就有一种"面子",也就是所谓"脸"。这"脸"有一条界线,如果落到这线的下面去了,即失了面子,也叫作"丢脸"。不怕"丢脸",便是"不要脸"。但倘使做了超出这线以上的事,就"有面子",或曰"露脸"。(《且介亭杂文·说"面子"》)

中国人要"面子",是好的,可惜的是这"面子"是"圆机活法",善于变化,于是就和"不要脸"混起来了。长谷川如是闲"盗泉"云:"古之君子,恶其名而不饮,今之君子,改其名而饮之。"也说穿了"今之君子"的"面子"的秘密。(《且介亭杂文·说"面子"》)

10. 国民的性格

凡是愚弱的国民,即使体格如何健全,如何茁壮,也只能做毫无意义的示众的材料和看客,病死多少是不必以为不幸的。所以我们的第一要著,是在改变他们的精神,而善于改变精神的,我那时以为当然要推文艺,于是想提倡文艺运动了。(《呐喊·自序》)

此国将与彼国为敌的时候,总得先用了手段,煽起国民的敌忾心来,使他们一同去抗御或攻击。但有一个必要的条件,就是:国民是勇敢的。因为勇敢,这才能勇往直前,肉搏强敌,以报仇雪恨。假使是怯弱的人民,则即使如何鼓舞,也不会有面临强敌的决心;然而引起的愤火却在,仍不能不寻一个发泄的地方,这地方,就是眼见得比他们更弱的人民,无论是同胞或是异族。(《坟·杂忆》)

卑怯的人,即使有万丈的愤火,除弱草以外,又能烧掉甚么呢?(《坟·杂忆》)

我以为国民倘没有智,没有勇,而单靠一种所谓"气",实在是非常危险的。现在,应该更进而着手于较为坚实的工作了。(《坟·杂忆》)

凡事都不容易有改革;前驱和闯将,大抵是谁也怕得做。然而人性岂真能如道家所说的那样恬淡;欲得的却多。既然不敢径取,就只好用阴谋和手段。以此,人们也就日见其卑怯了,既是"不为最先",自然也不敢"不耻最后",所以虽是一大堆群众,略见危机,便"纷纷作鸟兽散"了。如果偶有几个不肯退转,因而受害的,公论家便异口同声,称之曰傻子。对于"锲而不舍"的人们也一样。(《华盖集·这个与那个》)

在黄金世界还未到来之前,人们恐怕总不免同时含有这两种性质,只看发现时候的情形怎样,就显出勇敢和卑怯的大区别来。可惜中国人但对于羊显凶兽相，而对于凶兽则显羊相，所以即使显着凶兽相，也还是卑怯的国民。这样下去，一定要完结的。(《华盖集·忽然想到》)

11. 主子与奴才

专制者的反面就是奴才，有权时无所不为，失势时即奴性十足。孙皓是特等的暴君，但降晋之后，简直像一个帮闲；宋徽宗在位时，不可一世，而被掳后偏会含垢忍辱。做主子时以一切别人为奴才，则有了主子，一定以奴才自命：这是天经地义，无可动摇的。(《南腔北调集·谚语》)

就是为了一点点犒赏，不但安于做奴才，而且还要做更广泛的奴才，还得出钱去买做奴才的权利，这是堕民以外的自由人所万想不到的罢。(《准风月谈·我谈"堕民"》)

满洲人自己，就严分着主奴，大臣奏事，必称"奴才"，而汉人却称"臣"就好。这并非因为是"炎黄之胄"，特地优待，锡以嘉名的，其实是所以别于满人的"奴才"，其地位还下于"奴才"数等。奴隶只能奉行，不许言议；评论固然不可，妄自颂扬也不可，这就是"思不出其位"。譬如说：主子，您这袍角有些儿破了，拖下去怕要破烂，还是补一补好。进言者方自以为在尽忠，而其实却犯了罪，因为另有准其讲这样的话的人在，不是谁都可说的。一乱说，便是"越俎代

谋"，当然"罪有应得"。倘自以为是"忠而获咎"，那不过是自己的胡涂。(《且介亭杂文·隔膜》)

顷读《清代文字狱档》第八本，见有山西秀才欲娶二表妹不得，乃上书于乾隆，请其出力，结果几乎杀头。真像明清之际的佳人才子小说，惜结末大不相同耳。清时，许多中国人似并不悟自己之为奴，一叹。(1934年6月2日致郑振铎的信)

12. 生存与进化

人固然应该生存，但为的是进化；也不妨受苦，但为的是解除将来的一切苦；更应该战斗，但为的是改革。责别人的自杀者，一面责人，一面正也应该向驱人于自杀之途的环境挑战，进攻。倘使对于黑暗的主力，不置一辞，不发一矢，而但向"弱者"唠叨不已，则纵使他如何义形于色，我也不能不说——我真也忍不住了——他其实乃是杀人者的帮凶而已。(《花边文学·论秦理斋夫人事》)

13. 女人的节烈

节烈这事，现代既然失了存在的生命和价值；节烈的女人，岂非白苦一番么？可以答他说：还有哀悼的价值。他们是可怜人；不幸上了历史和数目的无意识的圈套，做了无主名的牺牲。可以开一个追悼大会。(《坟·我之节烈观》)

14. 阿 Q 的现世报

十二年前，鲁迅作的一篇《阿 Q 正传》，大约是想暴露国民的弱点的，虽然没有说明自己是否也包含在里面。然而到得今年，有几个人就用"阿 Q"来称他自己了，这就是现世的恶报。(《伪自由书·再谈保留》)

15. 破落户子弟

我的祖父是做官的，到父亲才穷下来，所以我其实是"破落户子弟"，不过我很感谢我父亲的穷下来（他不会赚钱），使我因此明白了许多事情。因为我自己是这样的出身，明白底细，所以别的破落户子弟的装腔作势，和暴发户子弟之自鸣风雅，给我一解剖，他们便弄得一败涂地，我好像一个"战士"了。使我自己说，我大约也还是一个破落户，不过思想较新，也时常想到别人和将来，因此也比较的不十分自私自利而已。(1935 年 8 月 24 日致萧军的信)

16. 巧滑之徒

中国人的不敢正视各方面，用瞒和骗，造出奇妙的逃路来，而自以为正路。在这路上，就证明着国民性的怯弱，懒惰，而又巧滑。一天一天的满足着，即一天一天的堕落着，但却又觉得日见其光荣。(《坟·论睁了眼看》)

中国士大夫之好行小巧，真应"大发感慨"，明即以

此亡。而江浙尤为此种小巧渊薮。（1927年8月2日致江绍原信）

暴露者揭发种种隐秘，自以为有益于人们，然而无聊的人，为消遣无聊计，是甘于受欺，并且安于自欺的，否则就更无聊赖。因为这，所以使戏法长存于天地之间，也所以使暴露幽暗不但为欺人者所深恶，亦且为被欺者所深恶。（《花边文学·朋友》）

偶看明末野史，觉现在的士大夫和那时之相像，真令人不得不惊。……上海情形，发狂正不下于北平。青年好游戏，请游戏罢。其实中国何尝有真正的党徒，随风转舵，二十余年矣，可曾见有人为他的首领拚命？（1935年1月8日夜致郑振铎的信）

中国自南北朝以来，凡有文人学士，道士和尚，大抵以"无特操"为特色的。（《准风月谈·吃教》）

17. 皇帝、农民起义领袖的心理

雍正乾隆两朝的对于中国人著作的手段，就足够令人惊心动魄。全毁，抽毁，剜去之类也且不说，最阴险的是删改了古书的内容。乾隆朝的纂修《四库全书》，是许多人颂为一代之盛业的，但他们却不但捣乱了古书的格式，还修改了古人的文章；不但藏之内廷，还颁之文风较盛之处，使天下士子阅读，永不会觉得我们中国的作者里面，也曾经有过很有些骨气的人。(《且介亭杂文·病后杂谈之余》)

这一回的文字狱，只绞杀了一个人，比起别的案子来，决不能算是大狱，但乾隆皇帝却颇费心机，发表了几篇文字。从这些文字和奏章（均见《清代文字狱档》第六辑）看来，这回的祸机虽然发于他的"不安分"，但大原因，却在既以名儒自居，又请将名臣从祀：这都是大"不可恕"的地方。清朝虽然尊崇朱子，但止于"尊崇"，却不许"学样"，因为一学样，就要讲学，于是而有学说，于是而有门徒，于是而有门户，于是而有门户之争，这就足为"太平盛世"之累。况且以这样的"名儒"而做官，便不免以"名臣"自居，"妄自尊大"。乾隆是不承认清朝会有"名臣"的，他自己是"英主"，是"明君"，所以在他的统治之下，不能有奸臣，既没有特别坏的奸臣，也就没有特别好的名臣，一律都是不好不坏，无所谓好坏的奴子。(《且介亭杂文·买〈小学大全〉记》)

他开初并不很杀人，他何尝不想做皇帝。后来知道李自成进了北京，接着是清兵入关，自己只剩了没落这一条路，于是就开手杀，杀……他分明的感到，天下已没有自己的东西，现在是在毁坏别人的东西了，这和有些末代的风雅皇帝，在死前烧掉了祖宗或自己所搜集的书籍古董宝贝之类的心情，完全一样。(《准风月谈·晨凉漫记》。注：他，指张献忠。)

18. 对友人的品评

许君人甚诚实，而缺机变，我看他现在所付以重任之人物，亦即将来翻脸不相识之敌人。大约将来非被彼辈所侵入，则亦当被排去，不过现在尚非其时耳。（1935年1月9日致郑振铎的信。注：许君，即许寿裳。）

玉堂还太老实，我看他将来是要失败的。（1926年10月23日致章廷谦的信）

郑君锋铓太露而昧于中国社会情形，蹉跌自所难免。（1932年6月5日致台静农的信。注：郑君，即郑振铎。）

郑君治学，盖用胡适之法，往往恃孤本秘笈，为惊人之具，此实足以炫耀人目，其为学子所珍赏，宜也。我法稍不同，凡所泛览，皆通行之本，易得之书，故遂孑然于学林之外，《中国小说史略》而非断代，即尝见贬于人。……郑君所作《中国文学史》，顷已在上海豫约出版，我曾于《小说月报》上见其关于小说者数章，诚哉滔滔不已，然此乃文学史资料长编，非"史"也。但倘有具史识者，资以为史，亦可用耳。（1932年8月15日致台静农的信。注：郑君，即郑振铎。）

一个人如果还有友情,那么,收存亡友的遗文真如捏着一团火,常要觉得寝食不安,给它企图流布的。(《且介亭杂文末编·白莽作〈孩儿塔〉序》)

夫朱老夫子,是我的老同学,我对于他的在窗下孜孜研究,久而不懈,是十分佩服的,然此亦惟于古学一端而已,若夫评论世事,乃颇觉其迂远之至者也。他对于假名之非难,实不过其最偏的一部分。如以此诬陷毁谤个人之类,才可谓之"不负责任的推诿的表示",倘在人权尚无确实保障的时候,两面的众寡强弱,又极悬殊,则须又作别论才是。例如子房为韩报仇,从君子看来,盖是应该写信给秦始皇,要求两人赤膊决斗,才算合理的。然而搏浪一击,大索十日而终不可得,后世亦不以为"不负责任"者,知公私不同,而强弱之势亦异,一匹夫不得不然之故也。况且,现在的有权者,是什么东西呢?他知道什么责任呢?《民国日报》案故意拖延月余,才来裁判,又决罚至如此之重,而叫喊几声的人独要硬负片面的责任,如孩子脱衣以入虎穴,岂非大愚么?朱老夫子生活于平安中,所做的是《萧梁旧史考》,负责与否,没有大关系,也并没有什么意外的危险,所以他的侃侃而谈之谈,仅可供他日共和实现之后的参考,若今日者,则我以为只要目的是正的——这所谓正不正,又只专凭自己判断——即可用无论什么手段,而况区区假名真名之小事也哉。此我所以指窗下为活人之坟墓,而劝人们不必多读中国之书者也!(《两地书》第一集·一九。注：朱老夫子，即朱希祖。）

19. 对青年人的品评

《新光》中作者皆少年，往往粗心浮气，傲然陵人，势所难免，如童子初着皮鞋，必故意放重脚步，令其橐橐作声而后快，然亦无大恶意，可以一笑置之。但另有文氓，恶劣无极，近有一些人，联合谓我之《南腔北调集》乃受日人万金而作，意在卖国，称为汉奸；又有不满于语堂者，竟在报上造谣，谓当福建独立时，曾秘密前去接洽。是直欲置我们于死地，这是我有生以来，未尝见此黑暗的。（1934年5月16日致郑振铎的信）

青年思想简单，不知道环境之可怕，只要一时听得畅快，说得畅快，而实际上却是大大的得不偿失。（1933年10月31日致曹靖华的信）

据我看来，要防一个不好的结果，就是白用了许多牺牲，而反为巧人取得自利的机会，这种在中国是常有的。但在学生方面，也愁不得这些，只好凭良心做去，可是要缓而韧，不要急而猛。中国青年中，有些很有太"急"的毛病……（《两地书》第一集·二九）

今之青年，似乎比我们青年时代的青年精明，而有些也更重目前之益,为了一点小利,而反噬构陷,真有大出于意料之外者,历来所身受之事,真是一言难尽,但我是总如野兽一样,受了伤,就回头钻入草莽,舐掉血迹,至多也不过呻吟几声的。只是现在却因为年纪渐大,精力就衰,世故也愈深,所以渐在回避了。(1933年6月18日致曹聚仁的信)

中国青年,大都有愤激一时的缺点,其实现在秉政的,就都是昔日所谓革命的青年也。(1935年6月24日致曹靖华的信)

无论从旧道德,从新道德,只要是损己利人的,他就挑选上,自己背起来。(《南腔北调集·为了忘却的记念》。注:他,即柔石。)

20. 对青年朋友的提醒

上海有一批"文学家",阴险得很,非小心不可。(1934年11月5日致萧军的信)

稚气的话,说说并不要紧,稚气能找到真朋友,但也能上人家的当,受害。上海实在不是好地方,固然不必把人们都看成虎狼,但也切不可一下子就推心置腹。(1934年11月12日致萧军、萧红的信)

名人，阔人，商人……常常玩这一种把戏，开出一个大题目来，热闹热闹，以见他们之热心。未经世故的青年，不知底细，就常常上他们的当；碰顶子还是小事，有时简直连性命也会送掉，我就知道不少这种卖血的名人的姓名。我自己现在虽然说得好像深通世故，但近年就上了神州国光社的当……（1934年12月10日致萧军、萧红的信）

所谓文坛，其实也如此（因为文人也是中国人，不见得就和商人之类两样），鬼魅多得很，不过这些人，你还没有遇见。如果遇见，是要提防，不能赤膊的。（1935年3月13日致萧军、萧红的信）

对于看了我的劝导青年人的话，心以为非的人物，我还有一下反攻在这里。他是以我为狡猾的。但是，我的话里，一面固然显示着我的狡猾，而且无能，但一面也显示着社会的黑暗。（《南腔北调集·世故三昧》）

21. 对许广平的叮咛

我疑心将来的黄金世界里，也会有将叛徒处死刑，而大家尚以为是黄金世界的事，其大病根就在人们各各不同，不能像印版书似的每本一律。（《两地书》第一集·四）

你好像常在看我的作品，但我的作品，太黑暗了，因为我常觉得惟"黑暗与虚无"乃是"实有",却偏要向这些作绝望的抗战,所以很多着偏激的声音。其实这或者是年龄和经历的关系,也许未必一定的确的,因为我终于不能证实:惟黑暗与虚无乃是实有。所以我想,在青年,须是有不平而不悲观,常抗战而亦自卫,倘荆棘非践不可,固然不得不践,但若无须必践,即不必随便去践,这就是我之所以主张"壕堑战"的原因,其实也无非想多留下几个战士,以得更多的战绩。

子路先生确是勇士,但他因为"吾闻君子死冠不免",于是"结缨而死",我总觉得有点迂。掉了一顶帽子,又有何妨呢,却看得这么郑重,实在是上了仲尼先生的当了。仲尼先生自己"厄于陈蔡",却并不饿死,真是滑得可观。子路先生倘若不信他的胡说,披头散发的战起来,也许不至于死的罢。但这种散发的战法,也就是属于我所谓"壕堑战"的。(《两地书》第一集·四)

要治这麻木状态的国度,只有一法,就是"韧",也就是"锲而不舍"。逐渐的做一点,总不肯休,不至于比"踔厉风发"无效的。(《两地书》第一集·一二)

性急就容易发脾气,最好要酌减"急"的角度,否则,要防自己吃亏,因为现在的中国,总是阴柔人物得胜。(《两地书》第一集·二九)

周刊上常有极锋利肃杀的诗,其实是没有意思的,情随事迁,即味如嚼蜡。我以为感情正烈的时候,不宜做诗,否则锋铓太露,能将"诗美"杀掉。(《两地书》第一集·三二)

22. 中国的脊梁

我们从古以来,就有埋头苦干的人,有拚命硬干的人,有为民请命的人,有舍身求法的人,……虽是等于为帝王将相作家谱的所谓"正史",也往往掩不住他们的光耀,这就是中国的脊梁。(《且介亭杂文·中国人失掉自信力了吗》)

多有"不耻最后"的人的民族,无论什么事,怕总不会一下子就"土崩瓦解"的,我每看运动会时,常常这样想:优胜者固然可敬,但那虽然落后而仍非跑至终点不止的竞技者,和见了这样竞技者而肃然不笑的看客,乃正是中国将来的脊梁。(《华盖集·这个与那个》)

鲁迅文选

上编

在现代中国的孔夫子[①]

新近的上海的报纸,报告着因为日本的汤岛,孔子的圣庙落成了,湖南省主席何键将军就寄赠了一幅向来珍藏的孔子的画像。老实说,中国的一般的人民,关于孔子是怎样的相貌,倒几乎是毫无所知的。自古以来,虽然每一县一定有圣庙,即文庙,但那里面大抵并没有圣像。凡是绘画,或者雕塑应该崇敬的人物时,一般是以大于常人为原则的,但一到最应崇敬的人物,例如孔夫子那样的圣人,却好像连形象也成为亵渎,反不如没有的好。这也不是没有道理的。孔夫子没有留下照相来,自然不能明白真正的相貌,文献中虽然偶有记载,但是胡说白道也说不定。若是从新雕塑的话,则除了任凭雕塑者的空想而外,毫无办法,更加放心不下。于是儒者们也终于只好采取"全部,或全无"的勃兰特[②]式的态度了。

[①] 选自《且介亭杂文二集》。
[②] 勃兰特:挪威戏剧家易卜生的诗剧《勃兰特》中的人物。"全部,或全无"是勃兰特的一句台词,也是他所信奉的格言。

然而倘是画像，却也会间或遇见的。我曾经见过三次：一次是《孔子家语》里的插画；一次是梁启超氏亡命日本时，作为横滨出版的《清议报》上的卷头画，从日本倒输入中国来的；还有一次是刻在汉朝墓石上的孔子见老子的画像。说起从这些图画上所得的孔夫子的模样的印象来，则这位先生是一位很瘦的老头子，身穿大袖口的长袍子，腰带上插着一把剑，或者腋下挟着一枝杖，然而从来不笑，非常威风凛凛的。假使在他的旁边侍坐，那就一定得把腰骨挺的笔直，经过两三点钟，就骨节酸痛，倘是平常人，大约总不免急于逃走的了。

后来我曾到山东旅行。在为道路的不平所苦的时候，忽然想到了我们的孔夫子。一想起那具有俨然道貌的圣人，先前便是坐着简陋的车子，颠颠簸簸，在这些地方奔忙的事来，颇有滑稽之感。这种感想，自然是不好的，要而言之，颇近于不敬，倘是孔子之徒，恐怕是决不应该发生的。但在那时候，怀着我似的不规矩的心情的青年，可是多得很。

我出世的时候是清朝的末年，孔夫子已经有了"大成至圣文宣王"这一个阔得可怕的头衔，不消说，正是圣道支配了全国的时代。政府对于读书的人们，使读一定的书，即四书和五经；使遵守一定的注释；使写一定的文章，即所谓"八股文"；并且使发一定的议论。然而这些千篇一律的儒者们，倘是四方的大地，那是很知道的，但一到圆形的地球，却什么也不知道，于是和四书上并无记载的法兰西和英吉利打仗而失败了。不知道为了觉得与其拜着孔夫子而死，倒不如保存自己们之为得计呢,还是为了什么,总而言之,这回是拚命尊孔的政府和官僚先就动摇起来,用官帑大翻起洋鬼子的书籍来了。属于科学上的古典之作的,则有侯失勒①的《谈天》,雷侠儿②的《地学浅释》,代那③的《金石识别》,到现在也还作为那时的遗物,间或躺在旧书铺子里。

然而一定有反动。清末之所谓儒者的结晶,也是代表的大学士徐桐氏出现了。他不但连算学也斥为洋鬼子的学问;他虽然承认世界上有法兰西和英吉利这些国度,但西班牙和葡萄牙的存在,是决不相信的,他主张这是法国和英国常常来讨利益,连自己也不好意思了,所以随便胡诌出来的国名。他又是一九〇〇年的有名的义和团的幕后的发动者,也是指挥者。但是义和团完全失败,徐桐氏也自杀了。政府就又以为外国的政治法律和学问技术颇有可取之处了。我的渴望到日本去留学,也就在那时候。达了目的,入学的地方,是嘉纳先生所设立的东京的弘文学院;在这里,三泽力太郎先生教我水是养气和轻气所合成,山内繁雄先生教我贝壳里的什么地方其名为"外套"。这是有一天的事情。学监大久保先生集合起大家来,说:因为你们都是孔子之徒,今天到御茶之水的孔庙里去行礼罢!我大吃了一惊。现在还记得那时心里想,正因为绝望于孔夫子和他的之徒,所以到日本来的,然而又是拜么?一时觉得

---

① 侯失勒:通译为赫歇尔(1792—1871),英国天文学家,恒星天文学的创始人。
② 雷侠儿:通译为莱伊尔(1797—1875),英国地质学家。
③ 代那:通译为达纳(1813—1895),美国地质学家、矿物学家。

很奇怪。而且发生这样感觉的，我想决不止我一个人。

但是，孔夫子在本国的不遇，也并不是始于二十世纪的。孟子批评他为"圣之时者也"，倘翻成现代语，除了"摩登圣人"实在也没有别的法。为他自己计，这固然是没有危险的尊号，但也不是十分值得欢迎的头衔。不过在实际上，却也许并不这样子。孔夫子的做定了"摩登圣人"是死了以后的事，活着的时候却是颇吃苦头的。跑来跑去，虽然曾经贵为鲁国的警视总监，而又立刻下野，失业了；并且为权臣所轻蔑，为野人所嘲弄，甚至于为暴民所包围，饿扁了肚子。弟子虽然收了三千名，中用的却只有七十二，然而真可以相信的又只有一个人。有一天，孔夫子愤慨道："道不行，乘桴浮于海，从我者，其由与？"从这消极的打算上，就可以窥见那消息。然而连这一位由，后来也因为和敌人战斗，被击断了冠缨，但真不愧为由呀，到这时候也还不忘记从夫子听来的教训，说道"君子死，冠不免"，一面系着冠缨，一面被人砍成肉酱了。连唯一可信的弟子也已经失掉，孔子自然是非常悲痛的，据说他一听到这信息，就吩咐去倒掉厨房里的肉酱云。

孔夫子到死了以后，我以为可以说是运气比较的好一点。因为他不会噜苏了，种种的权势者便用种种的白粉给他来化妆，一直抬到吓人的高度。但比起后来输入的释迦牟尼来，却实在可怜得很。诚然，每一县固然都有圣庙即文庙，可是一副寂寞的冷落的样子，一般的庶民，是决不去参拜的，要去，则是佛寺，或者是神庙。若向老百姓们问孔夫子是什么人，他们自然回答是圣人，然而这不过是权势者的留声机。他们也敬惜字纸，然而这是因为倘不敬惜字纸，会遭雷殛的迷信的缘故；南京的夫子庙固然是热闹的地方，然而这是因为另有各种玩耍和茶店的缘故。虽说孔子作《春秋》而乱臣贼子惧，然而现在的人们，却几乎谁也不知道一个笔伐了的乱臣贼子的名字。说到乱臣贼子，大概以为是曹操，但那并非圣人所教，却是写了小说和剧本的无名作家所教的。

总而言之，孔夫子之在中国，是权势者们捧起来的，是那些权势者或想做权势者们的圣人，和一般的民众并无什么关系。然而对于圣庙，那些权势者也不过一时的热心。因为尊孔的时候已经怀着别样的目的，所以目的一达，这器具就无用，如果不达呢，那可更加无用了。在三四十年以前，凡有企图获得权势的人，就是希望做官的人，都是读"四书"和"五经"，做"八股"，别一些人就将这些书籍和文章，统名之为"敲门砖"。这就是说，文官考试一及第，这些东西也就同时被忘却，恰如敲门时所用的砖头一样，门一开，这砖头也就被抛掉了。孔子这人，其实是自从死了以后，也总是当着"敲门砖"的差使的。

一看最近的例子，就更加明白。从二十世纪的开始以来，孔夫子的运气是很坏的，但到袁世凯时代，却又被从新记得，不但恢复了祭典，还新做了古怪的祭服，使奉祀的人们穿起来。跟着这事而出现的便是帝制。然而那一道门终于没有敲开，袁氏在门外死掉了。余剩的是北洋军阀，当觉得渐近末路时，也用它来敲过另外的幸福之门。盘据着江苏和浙江，在路上随便砍杀百姓的孙传芳将军，一面复兴了投壶之礼；钻进山东，连自己也数不清金钱和兵丁和姨太太的数目了的张宗昌将军，则重刻了《十三经》，而且把圣道看作可以由肉体关系来传染的花柳病一样的东西，拿一个孔子后裔的谁来做了自己的女婿。然而幸福之门，却仍然对谁也没有开。

这三个人，都把孔夫子当作砖头用，但是时代不同了，所以都明明白白的失败了。岂但自己失败而已呢，还带累孔子也更加陷入了悲境。他们都是连字也不大认识的人物，然而偏要大谈什么《十三经》之类，所以使人们觉得滑稽；言行也太不一致了，就更加令人讨厌。既已厌恶和尚，恨及袈裟，而孔夫子之被利用为或一目的的器具，也从新看得格外清楚起来，于是要打倒他的欲望，也就越加旺盛。所以把孔子装饰得十分尊严时，就一定有找他缺点的论文和作品出现。即使是孔夫子，缺点总也有的，在平时谁也不理会，因为圣人也是人，本是可以原谅的。然而如果圣人之徒出来胡说一通，以为圣人是这样，是那样，所以你也非这样不可的话，人们可就禁不住要笑起来了。五六年前，曾经因为公演了《子见南子》这剧本，引起过问题，在那个剧本里，有孔夫子登场，以圣人而论，固然不免略有欠稳重和呆头呆脑的地方，然而作为一个人，倒是可爱的好人物。但是圣裔们非常愤慨，把问题一直闹到官厅里去了。因为公演的地点，恰巧是孔夫子的故乡，在那地方，圣裔们繁殖得非常多，成着使释迦牟尼和苏格拉第都自愧弗如的特权阶级。然而，那也许又正是使那里的非圣裔的青年们，不禁特地要演《子见南子》的原因罢。

中国的一般的民众，尤其是所谓愚民，虽称孔子为圣人，却不觉得他是圣人；对于他，是恭谨的，却不亲密。但我想，能像中国的愚民那样，懂得孔夫子的，恐怕世界上是再也没有的了。不错，孔夫子曾经计划过出色的治国的方法，但那都是为了治民众者，即权势者设想的方法，为民众本身的，却一点也没有。这就是"礼不下庶人"。成为权势者们的圣人，终于变了"敲门砖"，实在也叫不得冤枉。和民众并无关系，是不能说的，但倘说毫无亲密之处，我以为怕要算是非常客气的说法了。不去亲近那毫不亲密的圣人，正是当然的事，什么时候都可以，试去穿了破衣，赤着脚，走上大成殿去看看罢，恐怕会像误进上海的上等影戏院或者头等电车一样，立刻要受斥逐的。谁都知道这是大人老爷们的物事，虽是"愚民"，却还没有愚到这步田地的。

四月二十九日。

张献忠①

关于张献忠的传说,中国各处都有,可见是大家都很以他为奇特的,我先前也便是很以他为奇特的人们中的一个。

儿时见过一本书,叫作《无双谱》,是清初人之作,取历史上极特别无二的人物,各画一像,一面题些诗,但坏人好像是没有的。因此我后来想到可以择历来极其特别,而其实是代表着中国人性质之一种的人物,作一部中国的"人史",如英国嘉勒尔②的《英雄及英雄崇拜》,美国亚懋生③的《伟人论》那样。惟须好坏俱有,有啮雪苦节的苏武,舍身求法的玄奘,有"鞠躬尽瘁,死而后已"的孔明,但也有呆信古法,"死而后已"的王莽,有半当真半取笑的变法的王安石;张献忠当然也在内。但现在是毫没有动笔的意思了。

《蜀碧》一类的书,记张献忠杀人的事颇详细,但也颇散漫,令人看去仿佛他是像"为艺术而艺术"的一样,专在"为杀人而杀人"了。他其实是别有目的的。他开初并不很杀

---

① 选自《准风月谈》,题目为编者所加,原题为《晨凉漫记》。
② 嘉勒尔:通译为卡莱尔(1795—1881),英国作家、历史学家。
③ 亚懋生:通译为爱默生(1803—1882),美国散文家、诗人。

人，他何尝不想做皇帝。后来知道李自成进了北京，接着是清兵入关，自己只剩了没落这一条路，于是就开手杀，杀……他分明的感到，天下已没有自己的东西，现在是在毁坏别人的东西了，这和有些末代的风雅皇帝，在死前烧掉了祖宗或自己所搜集的书籍古董宝贝之类的心情，完全一样。他还有兵，而没有古董之类，所以就杀，杀，杀人，杀……

但他还要维持兵，这实在不过是维持杀。他杀得没有平民了，就派许多较为心腹的人到兵们中间去，设法窃听，偶有怨言，即跃出执之，戮其全家（他的兵像是有家眷的，也许就是掳来的妇女）。以杀治兵，用兵来杀，自己是完了，但要这样的达到一同灭亡的末路。我们对于别人的或公共的东西，不是也不很爱惜的么？

所以张献忠的举动，一看虽然似乎古怪，其实是极平常的。古怪的倒是那些被杀的人们，怎么会总是束手伸颈的等他杀，一定要清朝的肃王来射死他，这才作为奴才而得救，而还说这是前定，就是所谓"吹箫不用竹，一箭贯当胸"。但我想，这豫言诗是后人造出来的，我们不知道那时的人们真是怎么想。

> 七月二十八日。

谈金圣叹①

讲起清朝的文字狱来，也有人拉上金圣叹，其实是很不合适的。他的"哭庙"，用近事来比例，和前年《新月》上的引据三民主义以自辩，并无不同，但不特捞不到教授而且至于杀头，则是因为他早被官绅们认为坏货了的缘故。就事论事，倒是冤枉的。

清中叶以后的他的名声，也有些冤枉。他抬起小说传奇来，和《左传》《杜诗》并列，实不过拾了袁宏道辈的唾余；而且经他一批，原作的诚实之处，往往化为笑谈，布局行文，也都被硬拖到八股的作法上。这余荫，就使有一批人，堕入了对于《红楼梦》之类，总在寻求伏线，挑剔破绽的泥塘。

自称得到古本，乱改《西厢》字句的案子且不说罢，单是截去《水浒》的后小半，梦想有一个"嵇叔夜②"来杀尽宋江们，也就昏庸得可以。虽说因为痛恨流寇的缘故，但他是究竟近于官绅的，他到底想不到小百姓的对于流寇，只痛恨着一半：不在于"寇"，而在于"流"。

---

① 选自《南腔北调集》。
② 嵇叔夜：当为张叔夜。

百姓固然怕流寇，也很怕"流官"。记得民元革命以后，我在故乡，不知怎地县知事常常掉换了。每一掉换，农民们便愁苦着相告道："怎么好呢？又换了一只空肚鸭来了！"他们虽然至今不知道"欲壑难填"的古训，却很明白"成则为王，败则为贼"的成语，贼者，流着之王，王者，不流之贼也，要说得简单一点，那就是"坐寇"。中国百姓一向自称"蚁民"，现在为便于譬喻起见，姑升为牛罢，铁骑一过，茹毛饮血，蹄骨狼藉，倘可避免，他们自然是总想避免的，但如果肯放任他们自啮野草，苟延残喘，挤出乳来将这些"坐寇"喂得饱饱的，后来能够比较的不复狼吞虎咽，则他们就以为如天之福。所区别的只在"流"与"坐"，却并不在"寇"与"王"。试翻明末的野史，就知道北京民心的不安，在李自成入京的时候，是不及他出京之际的利害的。

宋江据有山寨，虽打家劫舍，而劫富济贫，金圣叹却道应该在童贯高俅辈的爪牙之前，一个个俯首受缚，他们想不懂。所以《水浒传》纵然成了断尾巴蜻蜓，乡下人却还要看《武松独手擒方腊》这些戏。

不过这还是先前的事，现在似乎又有了新的经验了。听说四川有一只民谣，大略是"贼来如梳，兵来如篦，官来如剃"的意思。汽车飞艇，价值既远过于大轿马车，租界和外国银行，也是海通以来新添的物事，不但剃尽毛发，就是刮尽筋肉，也永远填不满的。正无怪小百姓将"坐寇"之可怕，放在"流寇"之上了。

事实既然教给了这些,仅存的路,就当然使他们想到了自己的力量。

五月三十一日。

三味书屋的先生 ①

我不知道为什么家里的人要将我送进书塾里去了,而且还是全城中称为最严厉的书塾。也许是因为拔何首乌毁了泥墙罢,也许是因为将砖头抛到间壁的梁家去了罢,也许是因为站在石井栏上跳了下来罢,……都无从知道。总而言之:我将不能常到百草园了。Ade②,我的蟋蟀们!Ade,我的覆盆子们和木莲们!……

出门向东,不上半里,走过一道石桥,便是我的先生的家了。从一扇黑油的竹门进去,第三间是书房。中间挂着一块扁道:三味书屋;扁下面是一幅画,画着一只很肥大的梅花鹿伏在古树下。没有孔子牌位,我们便对着那扁和鹿行礼。第一次算是拜孔子,第二次算是拜先生。

第二次行礼时,先生便和蔼地在一旁答礼。他是一个高而瘦的老人,须发都花白了,还戴着大眼镜。我对他很恭敬,因为我早听到,他是本城中极方正,质朴,博学的人。

---

① 节选自《朝花夕拾》。题目为编者所加,原题为《从百草园到三味书屋》。这里的先生指的是寿镜吾(1849—1930),清同治八年(1869)中秀才。
② Ade:德语,"再见"的意思。

不知从那里听来的，东方朔也很渊博，他认识一种虫，名曰"怪哉"，冤气所化，用酒一浇，就消释了。我很想详细地知道这故事，但阿长是不知道的，因为她毕竟不渊博。现在得到机会了，可以问先生。

"先生，'怪哉'这虫，是怎么一回事？……"我上了生书，将要退下来的时候，赶忙问。

"不知道！"他似乎很不高兴，脸上还有怒色了。

我才知道做学生是不应该问这些事的，只要读书，因为他是渊博的宿儒，决不至于不知道，所谓不知道者，乃是不愿意说。年纪比我大的人，往往如此，我遇见过好几回了。

我就只读书，正午习字，晚上对课。先生最初这几天对我很严厉，后来却好起来了，不过给我读的书渐渐加多，对课也渐渐地加上字去，从三言到五言，终于到七言。

三味书屋后面也有一个园，虽然小，但在那里也可以爬上花坛去折蜡梅花，在地上或桂花树上寻蝉蜕。最好的工作是捉了苍蝇喂蚂蚁，静悄悄地没有声音。然而同窗们到园里的太多，太久，可就不行了，先生在书房里便大叫起来：

"人都到那里去了？！"

人们便一个一个陆续走回去；一同回去，也不行的。他有一条戒尺，但是不常用，也有罚跪的规则，但也不常用，普通总不过瞪几眼，大声道：

"读书！"

于是大家放开喉咙读一阵书，真是人声鼎沸。有念"仁远乎哉我欲仁斯仁至矣"的,有念"笑人齿缺曰狗窦大开"的,有念"上九潜龙勿用"的,有念"厥土下上上错厥贡苞茅橘柚"的……。先生自己也念书。后来,我们的声音便低下去,静下去了,只有他还大声朗读着:

"铁如意,指挥倜傥,一座皆惊呢～～;金叵罗,颠倒淋漓噫,千杯未醉嗬～～……。"

我疑心这是极好的文章,因为读到这里,他总是微笑起来,而且将头仰起,摇着,向后面拗过去,拗过去。

先生读书入神的时候,于我们是很相宜的。有几个便用纸糊的盔甲套在指甲上做戏。我是画画儿,用一种叫作"荆川纸"的,蒙在小说的绣像上一个个描下来,像习字时候的影写一样。读的书多起来,画的画也多起来;书没有读成,画的成绩却不少了,最成片断的是《荡寇志》和《西游记》的绣像,都有一大本。后来,因为要钱用,卖给一个有钱的同窗了。他的父亲是开锡箔店的;听说现在自己已经做了店主,而且快要升到绅士的地位了。这东西早已没有了罢。

九月十八日。

我的第一个师父①

不记得是那一部旧书上看来的了,大意说是有一位道学先生,自然是名人,一生拚命辟佛,却名自己的小儿子为"和尚"。有一天,有人拿这件事来质问他。他回答道:"这正是表示轻贱呀!"那人无话可说而退云。

其实,这位道学先生是诡辩。名孩子为"和尚",其中是含有迷信的。中国有许多妖魔鬼怪,专喜欢杀害有出息的人,尤其是孩子;要下贱,他们才放手,安心。和尚这一种人,从和尚的立场看来,会成佛——但也不一定,——固然高超得很,而从读书人的立场一看,他们无家无室,不会做官,却是下贱之流。读书人意中的鬼怪,那意见当然和读书人相同,所以也就不来搅扰了。这和名孩子为阿猫阿狗,完全是一样的意思:容易养大。

还有一个避鬼的法子,是拜和尚为师,也就是舍给寺院了的意思,然而并不放在寺院里。我生在周氏是长男,"物以希为贵",父亲怕我有出息,因此养不大,不到一岁,便领到

---

① 选自《且介亭杂文末编》。

长庆寺里去，拜了一个和尚为师了。拜师是否要赘见礼，或者布施什么的呢，我完全不知道。只知道我却由此得到一个法名叫作"长庚"，后来我也偶尔用作笔名，并且在《在酒楼上》这篇小说里，赠给了恐吓自己的侄女的无赖；还有一件百家衣，就是"衲衣"，论理，是应该用各种破布拼成的，但我的却是橄榄形的各色小绸片所缝就，非喜庆大事不给穿；还有一条称为"牛绳"的东西，上挂零星小件，如历本，镜子，银筛之类，据说是可以避邪的。

这种布置，好像也真有些力量：我至今没有死。

不过，现在法名还在，那两件法宝却早已失去了。前几年回北平去，母亲还给了我婴儿时代的银筛，是那时的惟一的记念。仔细一看，原来那筛子圆径不过寸余，中央一个太极图，上面一本书，下面一卷画，左右缀着极小的尺，剪刀，算盘，天平之类。我于是恍然大悟，中国的邪鬼，是怕斩钉截铁，不能含胡的东西的。因为探究和好奇，去年曾经去问上海的银楼，终于买了两面来，和我的几乎一式一样，不过缀着的小东西有些增减。奇怪得很，半世纪有余了，邪鬼还是这样的性情，避邪还是这样的法宝。然而我又想，这法宝成人却用不得，反而非常危险的。

但因此又使我记起了半世纪以前的最初的先生。我至今不知道他的法名，无论谁，都称他为"龙师父"，瘦长的身子，瘦长的脸，高颧细眼，和尚是不应该留须的，他却有两绺下垂的小胡子。对人很和气，对我也很和气，不教我念一句经，也不教我一点佛门规矩；他自己呢，穿起袈裟来做大和尚，或者戴上毗卢帽放焰口，"无祀孤魂，来受甘露味"的时候，是庄严透顶的，平常可也不念经，因为是住持，只管着寺里的琐屑事，其实——自然是由我看起来——他不过是一个剃光了头发的俗人。

因此我又有一位师母，就是他的老婆。论理，和尚是不应该有老婆的，然而他有。我家的正屋的中央，供着一块牌位，用金字写着必须绝对尊敬和服从的五位："天地君亲师"。我是徒弟，他是师，决不能抗议，而在那时，也决不想到抗议，不过觉得似乎有点古怪。但我是很爱我的师母的，在我的记忆上，见面的时候，她已经大约有四十岁了，是一位胖胖的师母，穿着玄色纱衫裤，在自己家里的院子里纳凉，她的孩子们就来和我玩耍。有时还有水果和点心吃，——自然，这也是我所以爱她的一个大原因；用高洁的陈源教授的话来说，便是所谓"有奶便是娘"，在人格上是很不足道的。

不过我的师母在恋爱故事上，却有些不平常。"恋爱"，这是现在的术语，那时我们这偏僻之区只叫作"相好"。《诗经》云："式相好矣，毋相尤矣"，起源是算得很古，离文武周公的时候不怎么久就有了的，然而后来好像并不算十分冠冕堂皇的好话。这且不管它罢。总之，听说龙师父年青时，是一个很漂亮而能干的和尚，交际很广，认识各种人。有一天，乡下做社戏了，他和戏子相识，便上台替他们去敲锣，精光的头皮，簇新的海青，真是风头十足。乡下人大抵有些顽固，以为和尚是只应该念经拜忏的,台下有人骂了起来。师父不甘示弱,也给他们一个回骂。于是战争开幕,甘蔗梢头雨点似的飞上来,有些勇士,还有进攻之势,"彼众我寡",他只好退走,一面退,一面一定追,逼得他又只好慌张的躲进一家人家去。而这人家,又只有一位年青的寡妇。以后的故事,我也不甚了然了,总而言之,她后来就是我的师母。

自从《宇宙风》出世以来,一向没有拜读的机缘,近几天才看见了"春季特大号"。其中有一篇铢堂先生的《不以成败论英雄》,使我觉得很有趣,他以为中国人的"不以成败论英雄","理想是不能不算崇高"的,"然而在人群的组织上实在要不得。抑强扶弱,便是永远不愿意有强。崇拜失败英雄,便是不承认成功的英雄"。"近人有一句流行话,说中国民族富于同化力,所以辽金元清都并不曾征服中国。其实无非是一种惰性,对于新制度不容易接收罢了"。我们怎样来改悔这"惰性"呢,现在姑且不谈,而且正在替我们想法的人们也多得很。我只要说那位寡妇之所以变了我的师母,其弊病也就在"不以成败论英雄"。乡下没有活的岳飞或文天祥,所以一个漂亮的和尚在如雨而下的甘蔗梢头中,从戏台逃下,也就是一个货真价实的失败的英雄。她不免发现了祖传的"惰性",崇拜起来,对于追兵,也像我们的祖先的对于辽金元清的大军似的,"不承认成功的英雄"了。在历史上,这结果是正如铢堂先生所说:"乃是中国的社会不树威是难得帖服的",所以活该有"扬州十日"和"嘉定三屠"。但那时的乡下人,却好像并没有"树威",走散了,自然,也许是他们料不到躲在家里。

因此我有了三个师兄,两个师弟。大师兄是穷人的孩子,舍在寺里,或是卖在寺里的;其余的四个,都是师父的儿子,大和尚的儿子做小和尚,我那时倒并不觉得怎么稀奇。大师兄只有单身;二师兄也有家小,但他对我守着秘密,这一点,就可见他的道行远不及我的师父,他的父亲了。而且年龄都和我相差太远,我们几乎没有交往。

三师兄比我恐怕要大十岁,然而我们后来的感情是很好的,我常常替他担心。还记得有一回,他要受大戒了,他不大看经,想来未必深通什么大乘教理,在剃得精光的囟门上,放上两排艾绒,同时烧起来,我看是总不免要叫痛的,这时善男信女,多数参加,实在不大雅观,也失了我做师弟的体面。这怎么好呢?每一想到,十分心焦,仿佛受戒的是我自己一样。然而我的师父究竟道力高深,他不说戒律,不谈教理,只在当天大清早,叫了我的三师兄去,厉声吩咐道:"拚命熬住,不许哭,不许叫,要不然,脑袋就炸开,死了!"这一种大喝,实在比什么《妙法莲花经》或《大乘起信论》还有力,谁高兴死呢,于是仪式很庄严的进行,虽然两眼比平时水汪汪,但到两排艾绒在头顶上烧完,的确一声也不出。我嘘一口气,真所谓"如释重负",善男信女们也个个"合十赞叹,欢喜布施,顶礼而散"了。

出家人受了大戒,从沙弥升为和尚,正和我们在家人行过冠礼,由童子而为成人相同。成人愿意"有室",和尚自然也不能不想到女人。以为和尚只记得释迦牟尼或弥勒菩萨，乃是未曾拜和尚为师，或与和尚为友的世俗的谬见。寺里也有确在修行，没有女人，也不吃荤的和尚，例如我的大师兄即是其一，然而他们孤僻，冷酷，看不起人，好像总是郁郁不乐，他们的一把扇或一本书，你一动他就不高兴，令人不敢亲近他。所以我所熟识的，都是有女人，或声明想女人，吃荤，或声明想吃荤的和尚。

我那时并不诧异三师兄在想女人，而且知道他所理想的是怎样的女人。人也许以为他想的是尼姑罢，并不是的，和尚和尼姑"相好"，加倍的不便当。他想的乃是千金小姐或少奶奶；而作这"相思"或"单相思"——即今之所谓"单恋"也——的媒介的是"结"。我们那里的阔人家，一有丧事，每七日总要做一些法事，有一个七日，是要举行"解结"的仪式的，因为死人在未死之前，总不免开罪于人，存着冤结，所以死后要替他解散。方法是在这天拜完经忏的傍晚，灵前陈列着几盘东西，是食物和花，而其中有一盘，是用麻线或白头绳，穿上十来文钱，两头相合而打成蝴蝶式，八结式之类的复杂的，颇不容易解开的结子。一群和尚便环坐桌旁，且唱且解，解开之后，钱归和尚，而死人的一切冤结也从此完全消失了。这道理似乎有些古怪，但谁都这样办，并不为奇，大约也是一种"惰性"。不过解结是并不如世俗人的所推测，个个解开的，倘有和尚以为打得精致，因而生爱，或者故意打得结实，很难解散，因而生恨的，便能暗暗的整个落到僧袍的大袖里去，一任死者留下冤结，到地狱里去吃苦。这种宝结带回寺里，便保存起来，也时时鉴赏，恰如我们的或亦不免偏爱看看女作家的作品一样。当鉴赏的时候，当然也不免想到作家，打结子的是谁呢，男人不会，奴婢不会，有这种本领的，不消说是小姐或少奶奶了。和尚没有文学界人物的清高，所以他就不免睹物思人，所谓"时涉遐想"起来，至于心理状态，则我虽曾拜和尚为师，但究竟是在家人，不大明白底细。只记得三师兄曾经不得已而分给我几个，有些实在打得精奇，有些则打好之后，浸过水，还用剪刀柄之类砸实，使和尚无法解散。解结，是替死人设法的，现在却和和尚为难，我真不知道小姐或少奶奶是什么意思。这疑问直到二十年后，学了一点医学，才明白原来是给和尚吃苦，颇有一点虐待异性的病态的。深闺的怨恨，会无线电似的报在佛寺的和尚身上，我看道学先生可还没有料到这一层。

后来，三师兄也有了老婆，出身是小姐，是尼姑，还是"小家碧玉"呢，我不明白，他也严守秘密，道行远不及他的父亲了。这时我也长大起来，不知道从那里，听到了和尚应守清规之类的古老话，还用这话来嘲笑他，本意是在要他受窘。不料他竟一点不窘，立刻用"金刚怒目"式，向我大喝一声道：

"和尚没有老婆，小菩萨那里来！？"

这真是所谓"狮吼"，使我明白了真理，哑口无言，我的确早看见寺里有丈余的大佛，有数尺或数寸的小菩萨，却从未想到他们为什么有大小。经此一喝,我才彻底的省悟了和尚有老婆的必要,以及一切小菩萨的来源,不再发生疑问。但要找寻三师兄,从此却艰难了一点,因为这位出家人,这时就有了三个家了:一是寺院,二是他的父母的家,三是他自己和女人的家。

我的师父,在约略四十年前已经去世;师兄弟们大半做了一寺的住持;我们的交情是依然存在的,却久已彼此不通消息。但我想,他们一定早已各有一大批小菩萨,而且有些小菩萨又有小菩萨了。

四月一日。

父亲的病[1]

大约十多年前吧，S城中曾经盛传过一个名医的故事：

他出诊原来是一元四角，特拔十元，深夜加倍，出城又加倍。有一夜，一家城外人家的闺女生急病，来请他了，因为他其时已经阔得不耐烦，便非一百元不去。他们只得都依他。待去时，却只是草草地一看，说道"不要紧的"，开一张方，拿了一百元就走。那病家似乎很有钱，第二天又来请了。他一到门，只见主人笑面承迎，道，"昨晚服了先生的药，好得多了，所以再请你来复诊一回。"仍旧引到房里，老妈子便将病人的手拉出帐外来。他一按，冷冰冰的，也没有脉，于是点点头道，"唔，这病我明白了。"从从容容走到桌前，取了药方纸，提笔写道：

"凭票付英洋壹百元正。"下面是署名，画押。

"先生，这病看来很不轻了，用药怕还得重一点罢。"主人在背后说。

"可以，"他说。于是另开了一张方：

---
[1] 选自《朝花夕拾》。

"凭票付英洋贰百元正。"下面仍是署名,画押。

这样,主人就收了药方,很客气地送他出来了。

我曾经和这名医周旋过两整年,因为他隔日一回,来诊我的父亲的病。那时虽然已经很有名,但还不至于阔得这样不耐烦;可是诊金却已经是一元四角。现在的都市上,诊金一次十元并不算奇,可是那时是一元四角已是巨款,很不容易张罗的了;又何况是隔日一次。他大概的确有些特别,据舆论说,用药就与众不同。我不知道药品,所觉得的,就是"药引"的难得,新方一换,就得忙一大场。先买药,再寻药引。"生姜"两片,竹叶十片去尖,他是不用的了。起码是芦根,须到河边去掘;一到经霜三年的甘蔗,便至少也得搜寻两三天。可是说也奇怪,大约后来总没有购求不到的。

据舆论说,神妙就在这地方。先前有一个病人,百药无效;待到遇见了什么叶天士先生,只在旧方上加了一味药引:梧桐叶。只一服,便霍然而愈了。"医者,意也。"其时是秋天,而梧桐先知秋气。其先百药不投,今以秋气动之,以气感气,所以……。我虽然并不了然,但也十分佩服,知道凡有灵药,一定是很不容易得到的,求仙的人,甚至于还要拼了性命,跑进深山里去采呢。

这样有两年,渐渐地熟识,几乎是朋友了。父亲的水肿是逐日利害,将要不能起床;我对于经霜三年的甘蔗之流也逐渐失了信仰,采办药引似乎再没有先前一般踊跃了。正在这时候,他有一天来诊,问过病状,便极其诚恳地说:

"我所有的学问,都用尽了。这里还有一位陈莲河先生,本领比我高。我荐他来看一看,我可以写一封信。可是,病是不要紧的,不过经他的手,可以格外好得快……。"

这一天似乎大家都有些不欢,仍然由我恭敬地送他上轿。进来时,看见父亲的脸色很异样,和大家谈论,大意是说自己的病大概没有希望的了;他因为看了两年,毫无效验,脸又太熟了,未免有些难以为情,所以等到危急时候,便荐一个生手自代,和自己完全脱了干系。但另外有什么法子呢?本城的名医,除他之外,实在也只有一个陈莲河了。明天就请陈莲河。

陈莲河的诊金也是一元四角。但前回的名医的脸是圆而胖的,他却长而胖了:这一点颇不同。还有用药也不同。前回的名医是一个人还可以办的,这一回却是一个人有些办不妥帖了,因为他一张药方上,总兼有一种特别的丸散和一种奇特的药引。

芦根和经霜三年的甘蔗,他就从来没有用过。最平常的是"蟋蟀一对",旁注小字道:"要原配,即本在一窠中者。"似乎昆虫也要贞节,续弦或再醮,连做药资格也丧失了。但这差使在我并不为难,走进百草园,十对也容易得,将它们用线一缚,活活地掷入沸汤中完事。然而还有"平地木十株"呢,这可谁也不知道是什么东西了,问药店,问乡下人,问卖草药的,问老年人,问读书人,问木匠,都只是摇摇头,临末才记起了那远房的叔祖,爱种一点花木的老人,跑去一问,他果然知道,是生在山中树下的一种小树,能结红子如小珊瑚珠的,普通都称为"老弗大"。

"踏破铁鞋无觅处,得来全不费功夫。"药引寻到了,然而还有一种特别的丸药:败鼓皮丸。这"败鼓皮丸"就是用打破的旧鼓皮做成;水肿一名鼓胀,一用打破的鼓皮自然就可以克伏他。清朝的刚毅因为憎恨"洋鬼子",预备打他们,练了些兵称作"虎神营",取虎能食羊,神能伏鬼的意思,也就是这道理。可惜这一种神药,全城中只有一家出售的,离我家就有五里,但这却不像平地木那样,必须暗中摸索了,陈莲河先生开方之后,就恳切详细地给我们说明。

"我有一种丹,"有一回陈莲河先生说,"点在舌上,我想一定可以见效。因为舌乃心之灵苗……。价钱也并不贵,只要两块钱一盒……。"

我父亲沉思了一会,摇摇头。

"我这样用药还会不大见效,"有一回陈莲河先生又说,"我想,可以请人看一看,可有什么冤愆……。医能医病,不能医命,对不对?自然,这也许是前世的事……。"

我的父亲沉思了一会,摇摇头。

凡国手,都能够起死回生的,我们走过医生的门前,常可以看见这样的扁额。现在是让步一点了,连医生自己也说道:"西医长于外科,中医长于内科。"但是S城那时不但没有西医,并且谁也还没有想到天下有所谓西医,因此无论什么,都只能由轩辕岐伯的嫡派门徒包办。轩辕时候是巫医不分的,所以直到现在,他的门徒就还见鬼,而且觉得"舌乃心之灵苗"。这就是中国人的"命",连名医也无从医治的。

不肯用灵丹点在舌头上,又想不出"冤愆"来,自然,单吃了一百多天的"败鼓皮丸"有什么用呢?依然打不破水肿,父亲终于躺在床上喘气了。还请一回陈莲河先生,这回是特拔,大洋十元。他仍旧泰然的开了一张方,但已停止败鼓皮丸不用,药引也不很神妙了,所以只消半天,药就煎好,灌下去,却从口角上回了出来。

从此我便不再和陈莲河先生周旋,只在街上有时看见他坐在三名轿夫的快轿里飞一般抬过;听说他现在还康健,一面行医,一面还做中医什么学报,正在和只长于外科的西医奋斗哩。

中西的思想确乎有一点不同。听说中国的孝子们,一到将要"罪孽深重祸延父母"的时候,就买几斤人参,煎汤灌下去,希望父母多喘几天气,即使半天也好。我的一位教医学的先生却教给我医生的职务道:可医的应该给他医治,不可医的应该给他死得没有痛苦。——但这先生自然是西医。

父亲的喘气颇长久,连我也听得很吃力,然而谁也不能帮助他。我有时竟至于电光一闪似的想道:"还是快一点喘完了罢……。"立刻觉得这思想就不该,就是犯了罪;但同时又觉得这思想实在是正当的,我很爱我的父亲。便是现在,也还是这样想。

早晨,住在一门里的衍太太进来了。她是一个精通礼节的妇人,说我们不应该空等着。于是给他换衣服;又将纸锭和一种什么《高王经》烧成灰，用纸包了给他捏在拳头里……。

"叫呀，你父亲要断气了。快叫呀！"衍太太说。

"父亲！父亲！"我就叫起来。

"大声！他听不见。还不快叫？！"

"父亲！！！父亲！！！"

他已经平静下去的脸，忽然紧张了，将眼微微一睁，仿佛有一些苦痛。

"叫呀！快叫呀！"她催促说。

"父亲！！！"

"什么呢？……不要嚷。……不……。"他低低地说，又较急地喘着气，好一会，这才复了原状，平静下去了。

"父亲！！！"我还叫他，一直到他咽了气。

我现在还听到那时的自己的这声音，每听到时，就觉得这却是我对于父亲的最大的错处。

十月七日。

阿长与《山海经》[①]

长妈妈,已经说过,是一个一向带领着我的女工,说得阔气一点,就是我的保姆。我的母亲和许多别的人都这样称呼她,似乎略带些客气的意思。只有祖母叫她阿长。我平时叫她"阿妈",连"长"字也不带;但到憎恶她的时候,——例如知道了谋死我那隐鼠的却是她的时候,就叫她阿长。

我们那里没有姓长的;她生得黄胖而矮,"长"也不是形容词。又不是她的名字,记得她自己说过,她的名字是叫作什么姑娘的。什么姑娘,我现在已经忘却了,总之不是长姑娘;也终于不知道她姓什么。记得她也曾告诉过我这个名称的来历:先前的先前,我家有一个女工,身材生得很高大,这就是真阿长。后来她回去了,我那什么姑娘才来补她的缺,然而大家因为叫惯了,没有再改口,于是她从此也就成为长妈妈了。

虽然背地里说人长短不是好事情,但倘使要我说句真心话,我可只得说:我实在不大佩服她。最讨厌的是常喜欢切切察察,向人们低声絮说些什么事。还竖起第二个手指,在空中

[①] 选自《朝花夕拾》。

上下摇动，或者点着对手或自己的鼻尖。我的家里一有些小风波，不知怎的我总疑心和这"切切察察"有些关系。又不许我走动，拔一株草，翻一块石头，就说我顽皮，要告诉我的母亲去了。一到夏天，睡觉时她又伸开两脚两手，在床中间摆成一个"大"字，挤得我没有余地翻身，久睡在一角的席子上，又已经烤得那么热。推她呢，不动；叫她呢，也不闻。

"长妈妈生得那么胖，一定很怕热罢？晚上的睡相，怕不见得很好罢？……"

母亲听到我多回诉苦之后，曾经这样地问过她。我也知道这意思是要她多给我一些空席。她不开口。但到夜里，我热得醒来的时候，却仍然看见满床摆着一个"大"字，一条臂膊还搁在我的颈子上。我想，这实在是无法可想了。

但是她懂得许多规矩；这些规矩，也大概是我所不耐烦的。一年中最高兴的时节，自然要数除夕了。辞岁之后，从长辈得到压岁钱，红纸包着，放在枕边，只要过一宵，便可以随意使用。睡在枕上，看着红包，想到明天买来的小鼓，刀枪，泥人，糖菩萨……。然而她进来，又将一个福橘放在床头了。

"哥儿，你牢牢记住！"她极其郑重地说。"明天是正月初一，清早一睁开眼睛，第一句话就得对我说：'阿妈，恭喜恭喜！'记得么？你要记着，这是一年的运气的事情。不许说别的话！说过之后，还得吃一点福橘。"她又拿起那橘子来在我的眼前摇了两摇，"那么，一年到头，顺顺流流……。"

梦里也记得元旦的，第二天醒得特别早，一醒，就要坐起来。她却立刻伸出臂膊,一把将我按住。我惊异地看她时,只见她惶急地看着我。

她又有所要求似的,摇着我的肩。我忽而记得了——

"阿妈,恭喜……。"

"恭喜恭喜!大家恭喜!真聪明!恭喜恭喜!"她于是十分喜欢似的,笑将起来,同时将一点冰冷的东西,塞在我的嘴里。我大吃一惊之后,也就忽而记得,这就是所谓福橘,元旦辟头的磨难,总算已经受完,可以下床玩耍去了。

她教给我的道理还很多,例如说人死了,不该说死掉,必须说"老掉了";死了人,生了孩子的屋子里,不应该走进去;饭粒落在地上,必须拣起来,最好是吃下去;晒裤子用的竹竿底下,是万不可钻过去的……。此外,现在大抵忘却了,只有元旦的古怪仪式记得最清楚。总之:都是些烦琐之至,至今想起来还觉得非常麻烦的事情。

然而我有一时也对她发生过空前的敬意。她常常对我讲"长毛"。她之所谓"长毛"者,不但洪秀全军,似乎连后来一切土匪强盗都在内,但除却革命党,因为那时还没有。她说得长毛非常可怕,他们的话就听不懂。她说先前长毛进城的时候,我家全都逃到海边去了,只留一个门房和年老的煮饭老妈子看家。后来长毛果然进门来了,那老妈子便叫他们"大王",——据说对长毛就应该这样叫,——诉说自己的饥饿。长毛笑道:"那么,这东西就给你吃了罢!"将一个圆圆的东西掷了过来,还带着一条小辫子,正是那门房的头。煮饭老妈子从此就骇破了胆,后来一提起,还是立刻面如土色,自己轻轻地拍着胸脯道:"阿呀,骇死我了,骇死我了……。"

我那时似乎倒并不怕,因为我觉得这些事和我毫不相干的,我不是一个门房。但她大概也即觉到了,说道:"像你似的小孩子,长毛也要掳的,掳去做小长毛。还有好看的姑娘,也要掳。"

"那么,你是不要紧的。"我以为她一定最安全了,既不做门房,又不是小孩子,也生得不好看,况且颈子上还有许多灸疮疤。

"那里的话?!"她严肃地说。"我们就没有用么?我们也要被掳去。城外有兵来攻的时候,长毛就叫我们脱下裤子,一排一排地站在城墙上,外面的大炮就放不出来;再要放,就炸了!"

这实在是出于我意想之外的,不能不惊异。我一向只以为她满肚子是麻烦的礼节罢了,却不料她还有这样伟大的神力。从此对于她就有了特别的敬意,似乎实在深不可测;夜间的伸开手脚,占领全床,那当然是情有可原的了,倒应该我退让。

这种敬意,虽然也逐渐淡薄起来,但完全消失,大概是在知道她谋害了我的隐鼠之后。那时就极严重地诘问,而且当面叫她阿长。我想我又不真做小长毛,不去攻城,也不放炮,更不怕炮炸,我惧惮她什么呢!

但当我哀悼隐鼠,给它复仇的时候,一面又在渴慕着绘图的《山海经》了。这渴慕是从一个远房的叔祖惹起来的。他是一个胖胖的，和蔼的老人，爱种一点花木，如珠兰，茉莉之类，还有极其少见的，据说从北边带回去的马缨花。他的太太却正相反，什么也莫名其妙，曾将晒衣服的竹竿搁在珠兰的枝条上，枝折了，还要愤愤地咒骂道："死尸！"这老人是个寂寞者，因为无人可谈，就很爱和孩子们往来，有时简直称我们为"小友"。在我们聚族而居的宅子里，只有他书多，而且特别。制艺和试帖诗，自然也是有的；但我却只在他的书斋里，看见过陆玑的《毛诗草木鸟兽虫鱼疏》，还有许多名目很生的书籍。我那时最爱看的是《花镜》，上面有许多图。他说给我听，曾经有过一部绘图的《山海经》，画着人面的兽，九头的蛇，三脚的鸟，生着翅膀的人，没有头而以两乳当作眼睛的怪物，……可惜现在不知道放在那里了。

我很愿意看看这样的图画，但不好意思力逼他去寻找，他是很疏懒的。问别人呢，谁也不肯真实地回答我。压岁钱还有几百文，买罢，又没有好机会。有书买的大街离我家远得很，我一年中只能在正月间去玩一趟，那时候，两家书店都紧紧地关着门。

玩的时候倒是没有什么的，但一坐下，我就记得绘图的《山海经》。

大概是太过于念念不忘了，连阿长也来问《山海经》是怎么一回事。这是我向来没有和她说过的，我知道她并非学者，说了也无益；但既然来问，也就都对她说了。

过了十多天,或者一个月罢,我还很记得,是她告假回家以后的四五天,她穿着新的蓝布衫回来了,一见面,就将一包书递给我,高兴地说道:

"哥儿,有画儿的'三哼经',我给你买来了!"

我似乎遇着了一个霹雳,全体都震悚起来;赶紧去接过来,打开纸包,是四本小小的书,略略一翻,人面的兽,九头的蛇,……果然都在内。

又使我发生新的敬意了,别人不肯做,或不能做的事,她却能够做成功。她确有伟大的神力。谋害隐鼠的怨恨,从此完全消灭了。

这四本书,乃是我最初得到,最为心爱的宝书。

书的模样,到现在还在眼前。可是从还在眼前的模样来说,却是一部刻印都十分粗拙的本子。纸张很黄;图像也很坏,甚至于几乎全用直线凑合,连动物的眼睛也都是长方形的。但那是我最为心爱的宝书,看起来,确是人面的兽;九头的蛇;一脚的牛;袋子似的帝江;没有头而"以乳为目,以脐为口",还要"执干戚而舞"的刑天。

此后我就更其搜集绘图的书,于是有了石印的《尔雅音图》和《毛诗品物图考》,又有了《点石斋丛画》和《诗画舫》。《山海经》也另买了一部石印的,每卷都有图赞,绿色的画,字是红的,比那木刻的精致得多了。这一部直到前年还在,是缩印的郝懿行疏。木刻的却已经记不清是什么时候失掉了。

我的保姆，长妈妈即阿长，辞了这人世，大概也有了三十年了罢。我终于不知道她的姓名，她的经历；仅知道有一个过继的儿子，她大约是青年守寡的孤孀。

　　仁厚黑暗的地母呵，愿在你怀里永安她的魂灵！

三月十日。

中山先生逝世后一周年[1]

中山先生逝世后无论几周年,本用不着什么纪念的文章。只要这先前未曾有的中华民国存在,就是他的丰碑,就是他的纪念。

凡是自承为民国的国民,谁有不记得创造民国的战士,而且是第一人的?但我们大多数的国民实在特别沉静,真是喜怒哀乐不形于色,而况吐露他们的热力和热情。因此就更应该纪念了;因此也更可见那时革命有怎样的艰难,更足以加增这纪念的意义。

记得去年逝世后不很久,甚至于就有几个论客说些风凉话。是憎恶中华民国呢,是所谓"责备贤者"呢,是卖弄自己的聪明呢,我不得而知。但无论如何,中山先生的一生历史具在,站出世间来就是革命,失败了还是革命;中华民国成立之后,也没有满足过,没有安逸过,仍然继续着进向近于完全的革命的工作。直到临终之际,他说道:革命尚未成功,同志仍须努力!

---

[1] 选自《集外集拾遗》。

那时新闻上有一条琐载,不下于他一生革命事业地感动过我,据说当西医已经束手的时候,有人主张服中国药了;但中山先生不赞成,以为中国的药品固然也有有效的,诊断的知识却缺如。不能诊断,如何用药?毋须服。人当濒危之际,大抵是什么也肯尝试的,而他对于自己的生命,也仍有这样分明的理智和坚定的意志。

他是一个全体,永远的革命者。无论所做的那一件,全都是革命。无论后人如何吹求他,冷落他,他终于全都是革命。

为什么呢?托洛斯基曾经说明过什么是革命艺术。是:即使主题不谈革命,而有从革命所发生的新事物藏在里面的意识一贯着者是;否则,即使以革命为主题,也不是革命艺术。中山先生逝世已经一年了,"革命尚未成功",仅在这样的环境中作一个纪念。然而这纪念所显示,也还是他终于永远带领着新的革命者前行,一同努力于进向近于完全的革命的工作。

三月十日晨。

关于太炎先生二三事①

前一些时,上海的官绅为太炎先生开追悼会,赴会者不满百人,遂在寂寞中闭幕,于是有人慨叹,以为青年们对于本国的学者,竟不如对于外国的高尔基的热诚。这慨叹其实是不得当的。官绅集会,一向为小民所不敢到;况且高尔基是战斗的作家,太炎先生虽先前也以革命家现身,后来却退居于宁静的学者,用自己所手造的和别人所帮造的墙,和时代隔绝了。纪念者自然有人,但也许将为大多数所忘却。

我以为先生的业绩,留在革命史上的,实在比在学术史上还要大。回忆三十余年之前,木板的《訄书》已经出版了,我读不断,当然也看不懂,恐怕那时的青年,这样的多得很。我的知道中国有太炎先生,并非因为他的经学和小学,是为了他驳斥康有为和作邹容的《革命军》序,竟被监禁于上海的西牢。那时留学日本的浙籍学生,正办杂志《浙江潮》,其中即载有先生狱中所作诗,却并不难懂。这使我感动,也至今并没有忘记,现在抄两首在下面——

---

① 选自《且介亭杂文末编》。

狱中赠邹容

邹容吾小弟,被发下瀛洲。快剪刀除辫,干牛肉作餱。英雄一入狱,天地亦悲秋。临命须掺手,乾坤只两头。

狱中闻沈禹希见杀

不见沈生久,江湖知隐沦,萧萧悲壮士,今在易京门。

螭魅羞争焰,文章总断魂。中阴当待我,南北几新坟。

一九〇六年六月出狱,即日东渡,到了东京,不久就主持《民报》。我爱看这《民报》,但并非为了先生的文笔古奥,索解为难,或说佛法,谈"俱分进化",是为了他和主张保皇的梁启超斗争,和"××"的×××斗争,和"以《红楼梦》为成佛之要道"的×××斗争,真是所向披靡,令人神旺。前去听讲也在这时候,但又并非因为他是学者,却为了他是有学问的革命家,所以直到现在,先生的音容笑貌,还在目前,而所讲的《说文解字》,却一句也不记得了。

民国元年革命后,先生的所志已达,该可以大有作为了,然而还是不得志。这也是和高尔基的生受崇敬,死备哀荣,截然两样的。我以为两人遭遇的所以不同,其原因乃在高尔基先前的理想,后来都成为事实,他的一身,就是大众的一体,喜怒哀乐,无不相通;而先生则排满之志虽伸,但视为最紧要的"第一是用宗教发起信心,增进国民的道德;第二是用国粹激动种性,增进爱国的热肠"(见《民报》第六本),却仅止于高妙的幻想;不久而袁世凯又攘夺国柄,以遂私图,就更使先生失却实地,仅垂空文,至于今,惟我们的"中华民国"之称,尚系发源于先生的《中华民国解》(最先亦见《民报》),为巨大的记念而已,然而知道这一重公案者,恐怕也已经不多了。既离民众,渐入颓唐,后来的参与投壶,接收馈赠,遂每为论者所不满,但这也不过白圭之玷,并非晚节不终。考其生平,以大勋章作扇坠,临总统府之门,大诟袁世凯的包藏祸心者,并世无第二人;七被追捕,三入牢狱,而革命之志,终不屈挠者,并世亦无第二人:这才是先哲的精神,后生的楷范。近有文侩,勾结小报,竟也作文奚落先生以自鸣得意,真可谓"小人不欲成人之美",而且"蚍蜉撼大树,可笑不自量"了!

但革命之后,先生亦渐为昭示后世计,自藏其锋铓。浙江所刻的《章氏丛书》,是出于手定的,大约以为驳难攻讦,至于忿詈,有违古之儒风,足以贻讥多士的罢,先前的见于期刊的斗争的文章,竟多被刊落,上文所引的诗两首,亦不见于《诗录》中。一九三三年刻《章氏丛书续编》于北平,所收不多,而更纯谨,且不取旧作,当然也无斗争之作,先生遂身衣学术的华衮,粹然成为儒宗,执贽愿为弟子者綦众,至于仓皇制《同门录》成册。近阅日报，有保护版权的广告，有三续丛书的记事，可见又将有遗著出版了，但补入先前战斗的文章与否，却无从知道。战斗的文章，乃是先生一生中最大，最久的业绩，假使未备，我以为是应该一一辑录，校印，使先生和后生相印，活在战斗者的心中的。然而此时此际，恐怕也未必能如所望罢，呜呼！

十月九日。

范爱农 ①

在东京的客店里,我们大抵一起来就看报。学生所看的多是《朝日新闻》和《读卖新闻》,专爱打听社会上琐事的就看《二六新闻》。一天早晨,辟头就看见一条从中国来的电报,大概是:

"安徽巡抚恩铭被 Jo Shiki Rin 刺杀,刺客就擒。"

大家一怔之后,便容光焕发地互相告语,并且研究这刺客是谁,汉字是怎样三个字。但只要是绍兴人,又不专看教科书的,却早已明白了。这是徐锡麟,他留学回国之后,在做安徽候补道,办着巡警事物,正合于刺杀巡抚的地位。

大家接着就预测他将被极刑,家族将被连累。不久,秋瑾姑娘在绍兴被杀的消息也传来了,徐锡麟是被挖了心,给恩铭的亲兵炒食净尽。人心很愤怒。有几个人便秘密地开一个会,筹集川资;这时用得着日本浪人了,撕乌贼鱼下酒,慷慨一通之后,他便登程去接徐伯荪的家属去。

照例还有一个同乡会,吊烈士,骂满洲;此后便有人主

---

① 选自《朝花夕拾》。

张打电报到北京,痛斥满政府的无人道。会众即刻分成两派:一派要发电,一派不要发。我是主张发电的,但当我说出之后,即有一种钝滞的声音跟着起来:

"杀的杀掉了,死的死掉了,还发什么屁电报呢。"

这是一个高大身材,长头发,眼球白多黑少的人,看人总像在渺视。他蹲在席子上,我发言大抵就反对;我早觉得奇怪,注意着他的了,到这时才打听别人:说这话的是谁呢,有那么冷?认识的人告诉我说:他叫范爱农,是徐伯荪的学生。

我非常愤怒了,觉得他简直不是人,自己的先生被杀了,连打一个电报还害怕,于是便坚执地主张要发电,同他争起来。结果是主张发电的居多数,他屈服了。其次要推出人来拟电稿。

"何必推举呢?自然是主张发电的人啰~~。"他说。

我觉得他的话又在针对我,无理倒也并非无理的。但我便主张这一篇悲壮的文章必须深知烈士生平的人做,因为他比别人关系更密切,心里更悲愤,做出来就一定更动人。于是又争起来。结果是他不做,我也不做,不知谁承认做去了;其次是大家走散,只留下一个拟稿的和一两个干事,等候做好之后去拍发。

从此我总觉得这范爱农离奇,而且很可恶。天下可恶的人,当初以为是满人,这时才知道还在其次;第一倒是范爱农。中国不革命则已,要革命,首先就必须将范爱农除去。

然而这意见后来似乎逐渐淡薄,到底忘却了,我们从此也没有再见面。直到革命的前一年,我在故乡做教员,大概是春末时候罢，忽然在熟人的客座上看见了一个人，互相熟视了不过两三秒钟，我们便同时说：

"哦哦，你是范爱农！"

"哦哦，你是鲁迅！"

不知怎地我们便都笑了起来，是互相的嘲笑和悲哀。他眼睛还是那样，然而奇怪，只这几年，头上却有了白发了，但也许本来就有，我先前没有留心到。他穿着很旧的布马褂，破布鞋，显得很寒素。谈起自己的经历来，他说他后来没有了学费，不能再留学，便回来了。回到故乡之后，又受着轻蔑，排斥，迫害，几乎无地可容。现在是躲在乡下，教着几个小学生糊口。但因为有时觉得很气闷，所以也趁了航船进城来。

他又告诉我现在爱喝酒，于是我们便喝酒。从此他每一进城，必定来访我，非常相熟了。我们醉后常谈些愚不可及的疯话，连母亲偶然听到了也发笑。一天我忽而记起在东京开同乡会时的旧事，便问他：

"那一天你专门反对我，而且故意似的，究竟是什么缘故呢？"

"你还不知道？我一向就讨厌你的，——不但我，我们。"

"你那时之前，早知道我是谁么？"

"怎么不知道。我们到横滨，来接的不就是子英和你么？你看不起我们，摇摇头，你自己还记得么？"

我略略一想，记得的，虽然是七八年前的事。那时是子英来约我的，说到横滨去接新来留学的同乡。汽船一到，看见一大堆，大概一共有十多人，一上岸便将行李放到税关上去候查检，关吏在衣箱中翻来翻去，忽然翻出一双绣花的弓鞋来，便放下公事，拿着子细地看。我很不满，心里想，这些鸟男人，怎么带这东西来呢。自己不注意，那时也许就摇了摇头。检验完毕，在客店小坐之后，即须上火车。不料这一群读书人又在客车上让起坐位来了，甲要乙坐在这位上，乙要丙去坐，揖让未终，火车已开，车身一摇，即刻跌倒了三四个。我那时也很不满，暗地里想：连火车上的坐位，他们也要分出尊卑来……。自己不注意，也许又摇了摇头。然而那群雍容揖让的人物中就有范爱农，却直到这一天才想到。岂但他呢，说起来也惭愧，这一群里，还有后来在安徽战死的陈伯平烈士，被害的马宗汉烈士；被囚在黑狱里，到革命后才见天日而身上永带着匪刑的伤痕的也还有一两人。而我都茫无所知，摇着头将他们一并运上东京了。徐伯荪虽然和他们同船来，却不在这车上，因为他在神户就和他的夫人坐车走了陆路了。

我想我那时摇头大约有两回，他们看见的不知道是那一回。让坐时喧闹，检查时幽静，一定是在税关上的那一回了，试问爱农，果然是的。

"我真不懂你们带这东西做什么？是谁的？"

"还不是我们师母的？"他瞪着他多白的眼。

"到东京就要假装大脚，又何必带这东西呢？"

"谁知道呢？你问她去。"

到冬初，我们的景况更拮据了，然而还喝酒，讲笑话。

忽然是武昌起义,接着是绍兴光复。第二天爱农就上城来,戴着农夫常用的毡帽,那笑容是从来没有见过的。

"老迅,我们今天不喝酒了。我要去看看光复的绍兴。我们同去。"

我们便到街上去走了一通,满眼是白旗。然而貌虽如此,内骨子是依旧的,因为还是几个旧乡绅所组织的军政府,什么铁路股东是行政司长,钱店掌柜是军械司长……。这军政府也到底不长久,几个少年一嚷,王金发带兵从杭州进来了,但即使不嚷或者也会来。他进来以后,也就被许多闲汉和新进的革命党所包围,大做王都督。在衙门里的人物,穿布衣来的,不上十天也大概换上皮袍子了,天气还并不冷。

我被摆在师范学校校长的饭碗旁边,王都督给了我校款二百元。爱农做监学,还是那件布袍子,但不大喝酒了,也很少有工夫谈闲天。他办事,兼教书,实在勤快得可以。

"情形还是不行,王金发他们。"一个去年听过我的讲义的少年来访问我,慷慨地说,"我们要办一种报来监督他们。不过发起人要借用先生的名字。还有一个是子英先生,一个是德清先生。为社会,我们知道你决不推却的。"

我答应他了。两天后便看见出报的传单,发起人诚然是三个。五天后便见报,开首便骂军政府和那里面的人员;此后是骂都督,都督的亲戚,同乡,姨太太……。

这样地骂了十多天,就有一种消息传到我的家里来,说都督因为你们诈取了他的钱,还骂他,要派人用手枪来打死你们了。

别人倒还不打紧,第一个着急的是我的母亲,叮嘱我不要再出去。但我还是照常走,并且说明,王金发是不来打死我们的,他虽然绿林大学出身,而杀人却不很轻易。况且我拿的是校款,这一点他还能明白的,不过说说罢了。

果然没有来杀。写信去要经费,又取了二百元。但仿佛有些怒意,同时传令道:再来要,没有了!

不过爱农得到了一种新消息,却使我很为难。原来所谓"诈取"者,并非指学校经费而言,是指另有送给报馆的一笔款。报纸上骂了几天之后,王金发便叫人送去了五百元。于是乎我们的少年们便开起会议来,第一个问题是:收不收?决议曰:收。第二个问题是:收了之后骂不骂?决议曰:骂。理由是:收钱之后,他是股东;股东不好,自然要骂。

我即刻到报馆去问这事的真假。都是真的。略说了几句不该收他钱的话,一个名为会计的便不高兴了,质问我道:

"报馆为什么不收股本?"

"这不是股本……。"

"不是股本是什么?"

我就不再说下去了,这一点世故是早已知道的,倘我再说出连累我们的话来,他就会面斥我太爱惜不值钱的生命,不肯为社会牺牲,或者明天在报上就可以看见我怎样怕死发抖的记载。

然而事情很凑巧,季茀写信来催我往南京了。爱农也很

赞成,但颇凄凉,说:

"这里又是那样,住不得。你快去罢……。"

我懂得他无声的话,决计往南京。先到都督府去辞职,自然照准,派来了一个拖鼻涕的接收员,我交出账目和余款一角又两铜元,不是校长了。后任是孔教会会长傅力臣。

报馆案是我到南京后两三个星期了结的,被一群兵们捣毁。子英在乡下,没有事;德清适值在城里,大腿上被刺了一尖刀。他大怒了。自然,这是很有些痛的,怪他不得。他大怒之后,脱下衣服,照了一张照片,以显示一寸来宽的刀伤,并且做一篇文章叙述情形,向各处分送,宣传军政府的横暴。我想,这种照片现在是大约未必还有人收藏着了,尺寸太小,刀伤缩小到几乎等于无,如果不加说明,看见的人一定以为是带些疯气的风流人物的裸体照片,倘遇见孙传芳大帅,还怕要被禁止的。

我从南京移到北京的时候,爱农的学监也被孔教会会长的校长设法去掉了。他又成了革命前的爱农。我想为他在北京寻一点小事做,这是他非常希望的,然而没有机会。他后来便到一个熟人的家里去寄食,也时时给我信,景况愈困穷,言辞也愈凄苦。终于又非走出这熟人的家不可,便在各处飘浮。不久,忽然从同乡那里得到一个消息,说他已经掉在水里,淹死了。

我疑心他是自杀。因为他是浮水的好手,不容易淹死的。

夜间独坐在会馆里,十分悲凉,又疑心这消息并不确,但无端又觉得这是极其可靠的,虽然并无证据。一点法子都没有,只做了四首诗,后来曾在一种日报上发表,现在是将要忘记完了。只记得一首里的六句,起首四句是:"把酒论天下,先生小酒人。大圜犹酩酊,微醉合沉沦。"中间忘掉两句,末了是"旧朋云散尽,余亦等轻尘。"

后来我回故乡去,才知道一些较为详细的事。爱农先是什么事也没得做,因为大家讨厌他。他很困难,但还喝酒,是朋友请他的。他已经很少和人们来往,常见的只剩下几个后来认识的较为年青的人了,然而他们似乎也不愿意多听他的牢骚,以为不如讲笑话有趣。

"也许明天就收到一个电报,拆开来一看,是鲁迅来叫我的。"他时常这样说。

一天,几个新的朋友约他坐船去看戏,回来已过夜半,又是大风雨,他醉着,却偏要到船舷上去小解。大家劝阻他,也不听,自己说是不会掉下去的。但他掉下去了,虽然能浮水,却从此不起来。

第二天打捞尸体,是在菱荡里找到的,直立着。

我至今不明白他究竟是失足还是自杀。

他死后一无所有,遗下一个幼女和他的夫人。有几个人想集一点钱作他女孩将来的学费的基金,因为一经提议,即有族人来争这笔款的保管权,——其实还没有这笔款,——大家觉得无聊,便无形消散了。

现在不知他唯一的女儿景况如何?倘在上学,中学已该毕业了罢。

十一月十八日。

我的兄弟①

北京的冬季,地上还有积雪,灰黑色的秃树枝丫叉于晴朗的天空中,而远处有一二风筝浮动,在我是一种惊异和悲哀。

故乡的风筝时节,是春二月,倘听到沙沙的风轮声,仰头便能看见一个淡墨色的蟹风筝或嫩蓝色的蜈蚣风筝。还有寂寞的瓦片风筝,没有风轮,又放得很低,伶仃地显出憔悴可怜模样。但此时地上的杨柳已经发芽,早的山桃也多吐蕾,和孩子们的天上的点缀相照应,打成一片春日的温和。我现在在那里呢?四面都还是严冬的肃杀,而久经诀别的故乡的久经逝去的春天,却就在这天空中荡漾了。

但我是向来不爱放风筝的,不但不爱,并且嫌恶他,因为我以为这是没出息孩子所做的玩艺。和我相反的是我的小兄弟,他那时大概十岁内外罢,多病,瘦得不堪,然而最喜欢风筝,自己买不起,我又不许放,他只得张着小嘴,呆看着空中出神,有时至于小半日。远处的蟹风筝突然落下来了,他惊

---

① 选自《野草》。题目为编者所加,原题为《风筝》。

呼；两个瓦片风筝的缠绕解开了，他高兴得跳跃。他的这些，在我看来都是笑柄，可鄙的。

有一天，我忽然想起，似乎多日不很看见他了，但记得曾见他在后园拾枯竹。我恍然大悟似的，便跑向少有人去的一间堆积杂物的小屋去，推开门，果然就在尘封的什物堆中发见了他。他向着大方凳，坐在小凳上；便很惊惶地站了起来，失了色瑟缩着。大方凳旁靠着一个胡蝶风筝的竹骨，还没有糊上纸，凳上是一对做眼睛用的小风轮，正用红纸条装饰着，将要完工了。我在破获秘密的满足中，又很愤怒他的瞒了我的眼睛，这样苦心孤诣地来偷做没出息孩子的玩艺。我即刻伸手折断了胡蝶的一支翅骨，又将风轮掷在地下，踏扁了。论长幼，论力气，他是都敌不过我的，我当然得到完全的胜利，于是傲然走出，留他绝望地站在小屋里。后来他怎样，我不知道，也没有留心。

然而我的惩罚终于轮到了，在我们离别得很久之后，我已经是中年。我不幸偶而看了一本外国的讲论儿童的书，才知道游戏是儿童最正当的行为，玩具是儿童的天使。于是二十年来毫不忆及的幼小时候对于精神的虐杀的这一幕，忽地在眼前展开，而我的心也仿佛同时变了铅块，很重很重的堕下去了。

但心又不竟堕下去而至于断绝，他只是很重很重地堕着，堕着。

我也知道补过的方法的：送他风筝，赞成他放，劝他放，我和他一同放。我们嚷着，跑着，笑着。——然而他其时已经和我一样，早已有了胡子了。

　　我也知道还有一个补过的方法的：去讨他的宽恕，等他说，"我可是毫不怪你呵。"那么，我的心一定就轻松了，这确是一个可行的方法。有一回，我们会面的时候，是脸上都已添刻了许多"生"的辛苦的条纹，而我的心很沉重。我们渐渐谈起儿时的旧事来，我便叙述到这一节，自说少年时代的胡涂。"我可是毫不怪你呵。"我想，他要说了，我即刻便受了宽恕，我的心从此也宽松了罢。

　　"有过这样的事么？"他惊异地笑着说，就像旁听着别人的故事一样。他什么也不记得了。

　　全然忘却，毫无怨恨，又有什么宽恕之可言呢？无怨的恕，说谎罢了。

　　我还能希求什么呢？我的心只得沉重着。

　　现在，故乡的春天又在这异地的空中了，既给我久经逝去的儿时的回忆，而一并也带着无可把握的悲哀。我倒不如躲到肃杀的严冬中去罢，——但是，四面又明明是严冬，正给我非常的寒威和冷气。

　　　　　　　一九二五年一月二十四日。

钱玄同①

S 会馆里有三间屋,相传是往昔曾在院子里的槐树上缢死过一个女人的,现在槐树已经高不可攀了,而这屋还没有人住;许多年,我便寓在这屋里钞古碑。客中少有人来,古碑中也遇不到什么问题和主义,而我的生命却居然暗暗的消去了,这也就是我惟一的愿望。夏夜,蚊子多了,便摇着蒲扇坐在槐树下,从密叶缝里看那一点一点的青天,晚出的槐蚕又每每冰冷的落在头颈上。

那时偶或来谈的是一个老朋友金心异②,将手提的大皮夹放在破桌上,脱下长衫,对面坐下了,因为怕狗,似乎心房还在怦怦的跳动。

"你钞了这些有什么用?"有一夜,他翻着我那古碑的钞本,发了研究的质问了。

"没有什么用。"

"那么,你钞他是什么意思呢?"

"没有什么意思。"

---

① 节选自《呐喊·自序》,题目为编者所加。
② 金心异:钱玄同的别名。他曾担任《新青年》编辑。

"我想，你可以做点文章……"

我懂得他的意思了，他们正办《新青年》，然而那时仿佛不特没有人来赞同，并且也还没有人来反对，我想，他们许是感到寂寞了，但是说：

"假如一间铁屋子，是绝无窗户而万难破毁的，里面有许多熟睡的人们，不久都要闷死了，然而是从昏睡入死灭，并不感到就死的悲哀。现在你大嚷起来，惊起了较为清醒的几个人，使这不幸的少数者来受无可挽救的临终的苦楚，你倒以为对得起他们么？"

"然而几个人既然起来，你不能说决没有毁坏这铁屋的希望。"

是的，我虽然自有我的确信，然而说到希望，却是不能抹杀的，因为希望是在于将来，决不能以我之必无的证明，来折服了他之所谓可有，于是我终于答应他也做文章了，这便是最初的一篇《狂人日记》。从此以后，便一发而不可收，每写些小说模样的文章，以敷衍朋友们的嘱托，积久了就有了十余篇。

李大钊①

我最初看见守常先生的时候,是在独秀先生邀去商量怎样进行《新青年》的集会上,这样就算认识了。不知道他其时是否已是共产主义者。总之,给我的印象是很好的:诚实,谦和,不多说话。《新青年》的同人中,虽然也很有喜欢明争暗斗,扶植自己势力的人,但他一直到后来,绝对的不是。

他的模样是颇难形容的,有些儒雅,有些朴质,也有些凡俗。所以既像文士,也像官吏,又有些像商人。这样的商人,我在南边没有看见过,北京却有的,是旧书店或笺纸店的掌柜。一九二六年三月十八日,段祺瑞们枪击徒手请愿的学生的那一次,他也在群众中,给一个兵抓住了,问他是何等样人。答说是"做买卖的"。兵道:"那么,到这里来干什么?滚你的罢!"一推,他总算逃得了性命。

倘说教员,那时是可以死掉的。

然而到第二年,他终于被张作霖们害死了。

段将军的屠戮,死了四十二人,其中有几个是我的学生,

---

① 选自《南腔北调集》,题目为编者所加,原题为《〈守常全集〉题记》。

我实在很觉得一点痛楚；张将军的屠戮，死的好像是十多人，手头没有记录，说不清楚了，但我所认识的只有一个守常先生。在厦门知道了这消息之后，椭圆的脸，细细的眼睛和胡子，蓝布袍，黑马褂，就时时出现在我的眼前，其间还隐约看见绞首台。痛楚是也有些的，但比先前淡漠了。这是我历来的偏见：见同辈之死，总没有像见青年之死的悲伤。

这回听说在北平公然举行了葬式，计算起来，去被害的时候已经七年了。这是极应该的。我不知道他那时被将军们所编排的罪状，——大概总不外乎"危害民国"罢。然而仅在这短短的七年中，事实就铁铸一般的证明了断送民国的四省的并非李大钊，却是杀戮了他的将军！

那么，公然下葬的宽典，该是可以取得的了。然而我在报章上，又看见北平当局的禁止路祭和捕拿送葬者的新闻。我也不知道为什么，但这回恐怕是"妨害治安"了罢。倘其果然，则铁铸一般的反证，实在来得更加神速：看罢，妨害了北平的治安的是日军呢还是人民！

但革命的先驱者的血，现在已经并不希奇了。单就我自己说罢，七年前为了几个人，就发过不少激昂的空论，后来听惯了电刑，枪毙，斩决，暗杀的故事，神经渐渐麻木，毫不吃惊，也无言说了。我想，就是报上所记的"人山人海"去看枭首示众的头颅的人们，恐怕也未必觉得更兴奋于看赛花灯的罢。血是流得太多了。

不过热血之外，守常先生还有遗文在。不幸对于遗文，我却很难讲什么话。因为所执的业，彼此不同，在《新青年》时代，我虽以他为站在同一战线上的伙伴，却并未留心他的文章，譬如骑兵不必注意于造桥，炮兵无须分神于驭马，那时自以为尚非错误。所以现在所能说的，也不过：一，是他的理论，在现在看起来，当然未必精当的；二，是虽然如此，他的遗文却将永住，因为这是先驱者的遗产，革命史上的丰碑。一切死的和活的骗子的一迭迭的集子，不是已在倒塌下来，连商人也"不顾血本"的只收二三折了么？

以过去和现在的铁铸一般的事实来测将来，洞若观火！

一九三三年五月二十九夜，鲁迅谨记。

这一篇，是T先生要我做的，因为那集子要在和他有关系的G书局出版。我谊不容辞，只得写了这一点，不久，便在《涛声》上登出来。但后来，听说那遗集稿子的有权者另托C书局去印了，至今没有出版，也许是暂时不会出版的罢，我虽然很后悔乱作题记的孟浪，但我仍然要在自己的集子里存留，记此一件公案。十二月三十一夜，附识。

刘半农

忆刘半农君[①]

这是小峰[②]出给我的一个题目。

这题目并不出得过分。半农去世，我是应该哀悼的，因为他也是我的老朋友。但是，这是十来年前的话了，现在呢，可难说得很。

我已经忘记了怎么和他初次会面，以及他怎么能到了北京。他到北京，恐怕是在《新青年》投稿之后，由蔡孑民先生或陈独秀先生去请来的，到了之后，当然更是《新青年》里的一个战士。他活泼，勇敢，很打了几次大仗。譬如罢，答王敬轩的双鐄信，"她"字和"牠"字的创造，就都是的。这两件，现在看起来，自然是琐屑得很，但那是十多年前，单是提倡新式标点，就会有一大群人"若丧考妣"，恨不得"食肉寝皮"的时候，所以的确是"大仗"。现在的二十左右的青年，

[①] 选自《且介亭杂文》。
[②] 小峰：李小峰（1897—1971），资深出版家。在鲁迅等人的支持下创办了北新书局。

大约很少有人知道三十年前,单是剪下辫子就会坐牢或杀头的了。然而这曾经是事实。

但半农的活泼,有时颇近于草率,勇敢也有失之无谋的地方。但是,要商量袭击敌人的时候,他还是好伙伴,进行之际,心口并不相应,或者暗暗的给你一刀,他是决不会的。倘若失了算,那是因为没有算好的缘故。

《新青年》每出一期,就开一次编辑会,商定下一期的稿件。其时最惹我注意的是陈独秀和胡适之。假如将韬略比作一间仓库罢,独秀先生的是外面竖一面大旗,大书道:"内皆武器,来者小心!"但那门却开着的,里面有几枝枪,几把刀,一目了然,用不着提防。适之先生的是紧紧的关着门,门上粘一条小纸条道:"内无武器,请勿疑虑。"这自然可以是真的,但有些人——至少是我这样的人——有时总不免要侧着头想一想。半农却是令人不觉其有"武库"的一个人,所以我佩服陈胡,却亲近半农。

所谓亲近,不过是多谈闲天,一多谈,就露出了缺点。几乎有一年多,他没有消失掉从上海带来的才子必有"红袖添香夜读书"的艳福的思想,好容易才给我们骂掉了。但他好像到处都这么的乱说,使有些"学者"皱眉。有时候,连到《新青年》投稿都被排斥。他很勇于写稿,但试去看旧报去,很有几期是没有他的。那些人们批评他的为人,是:浅。

不错,半农确是浅。但他的浅,却如一条清溪,澄澈见底,纵有多少沉渣和腐草,也不掩其大体的清。倘使装的是烂泥,一时就看不出它的深浅来了;如果是烂泥的深渊呢,那就更不如浅一点的好。

但这些背后的批评,大约是很伤了半农的心的,他的到法国留学,我疑心大半就为此。我最懒于通信,从此我们就疏远起来了。他回来时,我才知道他在外国钞古书,后来也要标点《何典》,我那时还以老朋友自居,在序文上说了几句老实话,事后,才知道半农颇不高兴了,"驷不及舌",也没有法子。另外还有一回关于《语丝》的彼此心照的不快活。五六年前,曾在上海的宴会上见过一回面,那时候,我们几乎已经无话可谈了。

近几年,半农渐渐的据了要津,我也渐渐的更将他忘却;但从报章上看见他禁称"蜜斯"之类,却很起了反感:我以为这些事情是不必半农来做的。从去年来,又看见他不断的做打油诗,弄烂古文,回想先前的交情,也往往不免长叹。我想,假如见面,而我还以老朋友自居,不给一个"今天天气……哈哈哈"完事,那就也许会弄到冲突的罢。

不过,半农的忠厚,是还使我感动的。我前年曾到北平,后来有人通知我,半农是要来看我的,有谁恐吓了他一下,不敢来了。这使我很惭愧,因为我到北平后,实在未曾有过访问半农的心思。

现在他死去了,我对于他的感情,和他生时也并无变化。我爱十年前的半农,而憎恶他的近几年。这憎恶是朋友的憎恶,因为我希望他常是十年前的半农,他的为战士,即使

"浅"罢,却于中国更为有益。我愿以愤火照出他的战绩,免使一群陷沙鬼将他先前的光荣和死尸一同拖入烂泥的深渊。

八月一日。

趋时和复古 ①

半农先生一去世,也如朱湘庐隐两位作家一样,很使有些刊物热闹了一番。这情形,会延得多么长久呢,现在也无从推测。但这一死,作用却好像比那两位大得多:他已经快要被封为复古的先贤,可用他的神主来打"趋时"的人们了。

这一打是有力的,因为他既是作古的名人,又是先前的新党,以新打新,就如以毒攻毒,胜于搬出生锈的古董来。然而笑话也就埋伏在这里面。为什么呢?就为了半农先生先就是一位以"趋时"而出名的人。

古之青年,心目中有了刘半农三个字,原因并不在他擅长音韵学,或是常做打油诗,是在他跳出鸳蝴派,骂倒王敬轩,为一个"文学革命"阵中的战斗者。然而那时有一部分人,却毁之为"趋时"。时代到底好像有些前进,光阴流过去,渐渐将这谥号洗掉了,自己爬上了一点,也就随和一些,于是终于成为干干净净的名人。但是,"人怕出名猪怕壮",他这时也要成为包起来作为医治新的"趋时"病的药料了。

---

① 选自《花边文学》。

这并不是半农先生独个的苦境，旧例着实有。广东举人多得很，为什么康有为独独那么有名呢，因为他是公车上书的头儿，戊戌政变的主角，趋时；留英学生也不希罕，严复的姓名还没有消失，就在他先前认真的译过好几部鬼子书，趋时；清末，治朴学的不止太炎先生一个人，而他的声名，远在孙诒让之上者，其实是为了他提倡种族革命，趋时，而且还"造反"。后来"时"也"趋"了过来，他们就成为活的纯正的先贤。但是，晦气也夹屁股跟到，康有为永定为复辟的祖师，袁皇帝要严复劝进，孙传芳大帅也来请太炎先生投壶了。原是拉车前进的好身手，腿肚大，臂膊也粗，这回还是请他拉，拉还是拉，然而是拉车屁股向后，这里只好用古文，"呜呼哀哉，尚飨"了。

我并不在讥剌半农先生曾经"趋时"，我这里所用的是普通所谓"趋时"中的一部分："前驱"的意思。他虽然自认"没落"，其实是战斗过来的，只要敬爱他的人，多发挥这一点，不要七手八脚，专门把他拖进自己所喜欢的油或泥里去做金字招牌就好了。

八月十三日。

略论梅兰芳及其他(上)①

崇拜名伶原是北京的传统。辛亥革命后,伶人的品格提高了,这崇拜也干净起来。先只有谭叫天在剧坛上称雄,都说他技艺好,但恐怕也还夹着一点势利,因为他是"老佛爷"——慈禧太后赏识过的。虽然没有人给他宣传,替他出主意,得不到世界的名声,却也没有人来为他编剧本。我想,这不来,是带着几分"不敢"的。

后来有名的梅兰芳可就和他不同了。梅兰芳不是生,是旦,不是皇家的供奉,是俗人的宠儿,这就使士大夫敢于下手了。士大夫是常要夺取民间的东西的,将竹枝词改成文言,将"小家碧玉"作为姨太太,但一沾着他们的手,这东西也就跟着他们灭亡。他们将他从俗众中提出,罩上玻璃罩,做起紫檀架子来。教他用多数人听不懂的话,缓缓的《天女散花》,扭扭的《黛玉葬花》,先前是他做戏的,这时却成了戏为他而做,凡有新编的剧本,都只为了梅兰芳,而且是士大夫心目中的梅兰芳。雅是雅了,但多数人看不懂,不要看,还觉得自己

---

① 选自《花边文学》。

不配看了。

士大夫们也在日见其消沉,梅兰芳近来颇有些冷落。

因为他是旦角,年纪一大,势必至于冷落的吗?不是的,老十三旦七十岁了,一登台,满座还是喝采。为什么呢?就因为他没有被士大夫据为己有,罩进玻璃罩。

名声的起灭,也如光的起灭一样,起的时候,从近到远,灭的时候,远处倒还留着余光。梅兰芳的游日,游美,其实已不是光的发扬,而是光在中国的收敛。他竟没有想到从玻璃罩里跳出,所以这样的搬出去,还是这样的搬回来。

他未经士大夫帮忙时候所做的戏,自然是俗的,甚至于猥下,肮脏,但是泼剌,有生气。待到化为"天女",高贵了,然而从此死板板,矜持得可怜。看一位不死不活的天女或林妹妹,我想,大多数人是倒不如看一个漂亮活动的村女的,她和我们相近。

然而梅兰芳对记者说,还要将别的剧本改得雅一些。

十一月一日。

略论梅兰芳及其他（下）①

而且梅兰芳还要到苏联去。

议论纷纷。我们的大画家徐悲鸿教授也曾到莫斯科去画过松树——也许是马，我记不真切了——国内就没有谈得这么起劲。这就可见梅兰芳博士之在艺术界，确是超人一等的了。

而且累得《现代》的编辑室里也紧张起来。首座编辑施蛰存先生曰："而且还要梅兰芳去演《贵妃醉酒》呢！"（《现代》五卷五期。）要这么大叫，可见不平之极了，倘不豫先知道性别，是会令人疑心生了脏躁症的。次座编辑杜衡先生曰："剧本鉴定的工作完毕，则不妨选几个最前进的戏先到莫斯科去宣传为梅兰芳先生'转变'后的个人的创作。……因为照例，到苏联去的艺术家，是无论如何应该事先表示一点'转变'的。"（《文艺画报》创刊号。）这可冷静得多了，一看就知道他手段高妙，足使齐如山先生自愧弗及，赶紧来请帮忙——帮忙的帮忙。

但梅兰芳先生却正在说中国戏是象征主义，剧本的字

---

① 选自《花边文学》。

句要雅一些,他其实倒是为艺术而艺术,他也是一位"第三种人"。

那么,他是不会"表示一点'转变'的",目前还太早一点。他也许用别一个笔名,做一篇剧本,描写一个知识阶级,总是专为艺术,总是不问俗事,但到末了,他却究竟还在革命这一方面。这就活动得多了,不到末了,花呀光呀,倘到末了,做这篇东西的也就是我呀,那不就在革命这一方面了吗?

但我不知道梅兰芳博士可会自己做了文章,却用别一个笔名,来称赞自己的做戏;或者虚设一社,出些什么"戏剧年鉴",亲自作序,说自己是剧界的名人?倘使没有,那可是也不会玩这一手的。

倘不会玩,那可真要使杜衡先生失望,要他"再亮些"了。

还是带住罢,倘再"略论"下去,我也要防梅先生会说因为被批评家乱骂,害得他演不出好戏来。

十一月一日。

我与孙伏园及《语丝》①

同我关系较为长久的,要算《语丝》了。

大约这也是原因之一罢,"正人君子"们的刊物,曾封我为"语丝派主将",连急进的青年所做的文章,至今还说我是《语丝》的"指导者"。去年,非骂鲁迅便不足以自救其没落的时候,我曾蒙匿名氏寄给我两本中途的《山雨》,打开一看,其中有一篇短文,大意是说我和孙伏园君在北京因被晨报馆所压迫,创办《语丝》,现在自己一做编辑,便在投稿后面乱加按语,曲解原意,压迫别的作者了,孙伏园君却有绝好的议论,所以此后鲁迅应该听命于伏园。这听说是张孟闻先生的大文,虽然署名是另外两个字。看来好像一群人,其实不过一两个,这种事现在是常有的。

自然,"主将"和"指导者",并不是坏称呼,被晨报馆所压迫,也不能算是耻辱,老人该受青年的教训,更是进步的好现象,还有什么话可说呢。但是,"不虞之誉",也和"不虞之毁"一样地无聊,如果生平未曾带过一兵半卒,而有人拱手

---

① 选自《三闲集》,题目为编者所加,原题为《我和〈语丝〉的始终》。

颂扬道,"你真像拿破仑呀!"则虽是志在做军阀的未来的英雄,也不会怎样舒服的。我并非"主将"的事,前年早已声辩了——虽然似乎很少效力——这回想要写一点下来的,是我从来没有受过晨报馆的压迫,也并不是和孙伏园先生两个人创办了《语丝》。这的创办,倒要归功于伏园一位的。

那时伏园是《晨报副刊》的编辑,我是由他个人来约,投些稿件的人。

然而我并没有什么稿件,于是就有人传说,我是特约撰述,无论投稿多少,每月总有酬金三四十元的。据我所闻,则晨报馆确有这一种太上作者,但我并非其中之一,不过因为先前的师生——恕我僭妄,暂用这两个字——关系罢,似乎也颇受优待:一是稿子一去,刊登得快;二是每千字二元至三元的稿费,每月底大抵可以取到;三是短短的杂评,有时也送些稿费来。但这样的好景象并不久长,伏园的椅子颇有不稳之势。因为有一位留学生(不幸我忘掉了他的名姓)新从欧洲回来,和晨报馆有深关系,甚不满意于副刊,决计加以改革,并且为战斗计,已经得了"学者①"的指示,在开手看 Anatole France② 的小说了。

那时的法兰斯,威尔士,萧,在中国是大有威力,足以吓倒文学青年的名字,正如今年的辛克莱儿一般,所以以那时而论,形势实在是已经非常严重。不过我现在无从确说,从那

---

① 学者:陈西滢(1896—1970),中国作家。
② Anatole France:阿纳托尔·法朗士(1844—1924),即下文的法兰斯,法国作家。

位留学生开手读法兰斯的小说起到伏园气忿忿地跑到我的寓里来为止的时候,其间相距是几月还是几天。

"我辞职了。可恶!"

这是有一夜,伏园来访,见面后的第一句话。那原是意料中事,不足异的。第二步,我当然要问问辞职的原因,而不料竟和我有了关系。他说,那位留学生乘他外出时,到排字房去将我的稿子抽掉,因此争执起来,弄到非辞职不可了。但我并不气忿,因为那稿子不过是三段打油诗,题作《我的失恋》,是看见当时"阿呀阿唷,我要死了"之类的失恋诗盛行,故意做一首用"由她去罢"收场的东西,开开玩笑的。这诗后来又添了一段,登在《语丝》上,再后来就收在《野草》中。而且所用的又是另一个新鲜的假名,在不肯登载第一次看见姓名的作者的稿子的刊物上,也当然很容易被有权者所放逐的。

但我很抱歉伏园为了我的稿子而辞职,心上似乎压了一块沉重的石头。几天之后,他提议要自办刊物了,我自然答应愿意竭力"呐喊"。至于投稿者,倒全是他独力邀来的,记得是十六人,不过后来也并非都有投稿。于是印了广告,到各处张贴,分散,大约又一星期,一张小小的周刊便在北京——尤其是大学附近——出现了。这便是《语丝》。

那名目的来源,听说,是有几个人,任意取一本书,将书任意翻开,用指头点下去,那被点到的字,便是名称。那时我不在场,不知道所用的是什么书,是一次便得了《语丝》的名，还是点了好几次，而曾将不像名称的废去。但要之，即此已可知这刊物本无所谓一定的目标，统一的战线；那十六个投稿者，意见态度也各不相同，例如顾颉刚教授，投的便是"考古"稿子，不如说，和《语丝》的喜欢涉及现在社会者，倒是相反的。不过有些人们，大约开初是只在敷衍和伏园的交情的罢，所以投了两三回稿，便取"敬而远之"的态度，自然离开。连伏园自己，据我的记忆，自始至今，也只做过三回文字，末一回是宣言从此要大为《语丝》撰述，然而宣言之后，却连一个字也不见了。于是《语丝》的固定的投稿者，至多便只剩了五六人，但同时也在不意中显了一种特色，是：任意而谈，无所顾忌，要催促新的产生，对于有害于新的旧物，则竭力加以排击，——但应该产生怎样的"新"，却并无明白的表示，而一到觉得有些危急之际，也还是故意隐约其词。陈源教授痛斥"语丝派"的时候，说我们不敢直骂军阀，而偏和握笔的名人为难，便由于这一点。但是，叱吧儿狗险于叱狗主人，我们其实也知道的，所以隐约其词者，不过要使走狗嗅得，跑去献功时，必须详加说明，比较地费些力气，不能直捷痛快，就得好处而已。

当开办之际，努力确也可惊，那时做事的，伏园之外，我记得还有小峰和川岛，都是乳毛还未褪尽的青年，自跑印刷局，自去校对，自叠报纸，还自己拿到大众聚集之处去兜售，这真是青年对于老人，学生对于先生的教训，令人觉得自己只用一点思索，写几句文章，未免过于安逸，还须竭力学好了。

但自己卖报的成绩，听说并不佳，一纸风行的，还是在几个学校，尤其是北京大学，尤其是第一院（文科）。理科次之。在法科，则不大有人顾问。倘若说，北京大学的法，政，经济科出身诸君中，绝少有《语丝》的影响，恐怕是不会很错的。至于对于《晨报》的影响，我不知道，但似乎也颇受些打击，曾经和伏园来说和，伏园得意之余，忘其所以，曾以胜利者的笑容，笑着对我说道：

"真好，他们竟不料踏在炸药上了！"

这话对别人说是不算什么的。但对我说，却好像浇了一碗冷水，因为我即刻觉得这"炸药"是指我而言，用思索，做文章，都不过使自己为别人的一个小纠葛而粉身碎骨，心里就一面想：

"真糟，我竟不料被埋在地下了！"

我于是乎"彷徨"起来。

谭正璧先生有一句用我的小说的名目，来批评我的作品的经过的极伶俐而省事的话道："鲁迅始于'呐喊'而终于'彷徨'"（大意），我以为移来叙述我和《语丝》由始以至此时的历史，倒是很确切的。

但我的"彷徨"并不用许多时，因为那时还有一点读过尼采的《Zarathustra》①的余波，从我这里只要能挤出——虽然不过是挤出——文章来，就挤了去罢，从我这里只要能做出一

---

① 《Zarathustra》：《查拉图斯特拉如是说》，尼采哲学著作。

点"炸药"来,就拿去做了罢,于是也就决定,还是照旧投稿了——虽然对于意外的被利用,心里也耿耿了好几天。

《语丝》的销路可只是增加起来,原定是撰稿者同时负担印费的,我付了十元之后,就不见再来收取了,因为收支已足相抵,后来并且有了赢余。于是小峰就被尊为"老板",但这推尊并非美意,其时伏园已另就《京报副刊》编辑之职,川岛还是捣乱小孩,所以几个撰稿者便只好掐住了多眼而少开口的小峰,加以荣名,勒令拿出赢余来,每月请一回客。这"将欲取之,必先与之"的方法果然奏效,从此市场中的茶居或饭铺的或一房门外,有时便会看见挂着一块上写"语丝社"的木牌。倘一驻足,也许就可以听到疑古玄同先生的又快又响的谈吐。但我那时是在避开宴会的,所以毫不知道内部的情形。

我和《语丝》的渊源和关系,就不过如此,虽然投稿时多时少。但这样地一直继续到我走出了北京。到那时候,我还不知道实际上是谁的编辑。

到得厦门,我投稿就很少了。一者因为相离已远,不受催促,责任便觉得轻;二者因为人地生疏,学校里所遇到的又大抵是些念佛老妪式口角,不值得费纸墨。倘能做《鲁宾孙教书记》或《蚊虫叮卵脬论》,那也许倒很有趣的,而我又没有这样的"天才",所以只寄了一点极琐碎的文字。这年底到了广州,投稿也很少。第一原因是和在厦门相同的;第二,先是忙于事务,又看不清那里的情形,后来颇有感慨了,然而我不想在它的敌人的治下去发表。

不愿意在有权者的刀下,颂扬他的威权,并奚落其敌人来取媚,可以说,也是"语丝派"一种几乎共同的态度。所以《语丝》在北京虽然逃过了段祺瑞及其吧儿狗们的撕裂,但终究被"张大元帅"所禁止了,发行的北新书局,且同时遭了封禁,其时是一九二七年。

这一年,小峰有一回到我的上海的寓居,提议《语丝》就要在上海印行,且嘱我担任做编辑。以关系而论,我是不应该推托的。于是担任了。从这时起,我才探问向来的编法。那很简单,就是:凡社员的稿件,编辑者并无取舍之权,来则必用,只有外来的投稿,由编辑者略加选择,必要时且或略有所删除。所以我应做的,不过后一段事,而且社员的稿子,实际上也十之九直寄北新书局,由那里径送印刷局的,等到我看见时,已在印钉成书之后了。所谓"社员",也并无明确的界限,最初的撰稿者,所余早已无多,中途出现的人,则在中途忽来忽去。因为《语丝》是又有爱登碰壁人物的牢骚的习气的,所以最初出阵,尚无用武之地的人,或本在别一团体,而发生意见,借此反攻的人,也每和《语丝》暂时发生关系,待到功成名遂,当然也就淡漠起来。至于因环境改变,意见分歧而去的,那自然尤为不少。因此所谓"社员"者,便不能有明确的界限。前年的方法,是只要投稿几次,无不刊载,此后便放心发稿,和旧社员一律待遇了。但经旧的社员介绍,直接交到北新书局,刊出之前,为编辑者的眼睛所不能见者,也间或有之。

经我担任了编辑之后,《语丝》的时运就很不济了,受了一回政府的警告,遭了浙江当局的禁止,还招了创造社式"革命文学"家的拚命的围攻。警告的来由,我莫名其妙,有人说是因为一篇戏剧;禁止的缘故也莫名其妙,有人说是因为登载了揭发复旦大学内幕的文字,而那时浙江的党务指导委员老爷却有复旦大学出身的人们。至于创造社派的攻击,那是属于历史底的了,他们在把守"艺术之宫",还未"革命"的时候,就已经将"语丝派"中的几个人看作眼中钉的,叙事夹在这里太冗长了,且待下一回再说罢。

但《语丝》本身,却确实也在消沉下去。一是对于社会现象的批评几乎绝无,连这一类的投稿也少有,二是所余的几个较久的撰稿者,过时又少了几个了。前者的原因,我以为是在无话可说,或有话而不敢言,警告和禁止,就是一个实证。后者,我恐怕是其咎在我的。举一点例罢,自从我万不得已,选登了一篇极平和的纠正刘半农先生的"林则徐被俘"之误的来信以后,他就不再有片纸只字;江绍原先生绍介了一篇油印的《冯玉祥先生……》来,我不给编入之后,绍原先生也就从此没有投稿了。并且这篇油印文章不久便在也是伏园所办的《贡献》上登出,上有郑重的小序,说明着我托辞不载的事由单。

还有一种显著的变迁是广告的杂乱。看广告的种类,大概是就可以推见这刊物的性质的。例如"正人君子"们所办的《现代评论》上，就会有金城银行的长期广告，南洋华侨学生所办的《秋野》上，就能见"虎标良药"的招牌。虽是打着"革命文学"旗子的小报，只要有那上面的广告大半是花柳药和饮食店，便知道作者和读者，仍然和先前的专讲妓女戏子的小报的人们同流，现在不过用男作家，女作家来替代了倡优，或捧或骂，算是在文坛上做工夫。《语丝》初办的时候，对于广告的选择是极严的，虽是新书，倘社员以为不是好书，也不给登载。因为是同人杂志，所以撰稿者也可行使这样的职权。听说北新书局之办《北新半月刊》，就因为在《语丝》上不能自由登载广告的缘故。但自从移在上海出版以后，书籍不必说，连医生的诊例也出现了，袜厂的广告也出现了，甚至于立愈遗精药品的广告也出现了。固然，谁也不能保证《语丝》的读者决不遗精，况且遗精也并非恶行，但善后办法，却须向《申报》之类，要稳当，则向《医药学报》的广告上去留心的。我因此得了几封诘责的信件，又就在《语丝》本身上登了一篇投来的反对的文章。

　　但以前我也曾尽了我的本分。当袜厂出现时，曾经当面质问过小峰，回答是"发广告的人弄错的"；遗精药出现时，是写了一封信，并无答复，但从此以后，广告却也不见了。我想，在小峰，大约还要算是让步的，因为这时对于一部分的作家，早由北新书局致送稿费，不只负发行之责，而《语丝》也因此并非纯粹的同人杂志了。

　　积了半年的经验之后，我就决计向小峰提议，将《语丝》

停刊,没有得到赞成,我便辞去编辑的责任。小峰要我寻一个替代的人,我于是推举了柔石。

但不知为什么,柔石编辑了六个月,第五卷的上半卷一完,也辞职了。

以上是我所遇见的关于《语丝》四年中的琐事。试将前几期和近几期一比较,便知道其间的变化,有怎样的不同,最分明的是几乎不提时事,且多登中篇作品了,这是因为容易充满页数而又可免于遭殃。虽然因为毁坏旧物和戳破新盒子而露出里面所藏的旧物来的一种突击之力,至今尚为旧的和自以为新的人们所憎恶,但这力是属于往昔的了。

十二月二十二日。

林语堂

（一）[1]

语堂是我的老朋友,我应以朋友待之,当《人间世》还未出世,《论语》已很无聊时,曾经竭了我的诚意,写一封信,劝他放弃这玩意儿,我并不主张他去革命,拚死,只劝他译些英国文学名作,以他的英文程度,不但译本于今有用,在将来恐怕也有用的。他回我的信是说,这些事等他老了再说。这时我才悟到我的意见,在语堂看来是暮气,但我至今还自信是良言,要他于中国有益,要他在中国存留,并非要他消灭。他能更急进,那当然很好,但我看是决不会的,我决不出难题给别人做。不过另外也无话可说了。

看近来的《论语》之类,语堂在牛角尖里,虽愤愤不平,却更钻得滋滋有味,以我的微力,是拉他不出来的。至于陶徐[2],那是林门的颜曾,不及夫子远甚远甚,但也更无法可想了。

---

[1] 节选自 1934 年 8 月 13 日鲁迅致曹聚仁的信。
[2] 陶徐：陶亢德和徐訏。

（二）[1]

别一枝讨伐白话的生力军，是林语堂先生。他讨伐的不是白话的"反而难懂"，是白话的"鲁里鲁苏"，连刘先生似的想白话"返朴归真"的意思也全没有，要达意，只有"语录式"（白话的文言）。

林先生用白话武装了出现的时候，文言和白话的斗争早已过去了，不像刘先生那样，自己是混战中的过来人，因此也不免有感怀旧日，慨叹末流的情绪。他一闪而将宋明语录，摆在"幽默"的旗子下，原也极其自然的。

这"幽默"便是《论语》四十五期里的《一张字条的写法》，他因为要问木匠讨一点油灰，写好了一张语录体的字条，但怕别人说他"反对白话"，便改写了白话的，选体的，桐城派的三种，然而都很可笑，结果是差"书僮"传话，向木匠讨了油灰来。

《论语》是风行的刊物，这里省烦不抄了。总之，是：不可笑的只有语录式的一张，别的三种，全都要不得。但这四个不同的脚色，其实是都是林先生自己一个人扮出来的，一个是正生，就是"语录式"，别的三个都是小丑，自装鬼脸，自作怪相，将正生衬得一表非凡了。

但这已经并不是"幽默"，乃是"顽笑"，和市井间的在

---

[1] 选自《花边文学·玩笑只当它玩笑（下）》。

墙上画一乌龟,背上写上他的所讨厌的名字的战法,也并不两样的。不过看见的人,却往往不问是非,就嗤笑被画者。

"幽默"或"顽笑",也都要生出结果来的,除非你心知其意,只当它"顽笑"看。

因为事实会并不如文章,例如这语录式的条子,在中国其实也并未断绝过种子。假如有工夫,不妨到上海的弄口去看一看,有时就会看见一个摊,坐着一位文人,在替男女工人写信,他所用的文章,决不如林先生所拟的条子的容易懂,然而分明是"语录式"的。这就是现在从新提起的语录派的末流,却并没有谁去涂白过他的鼻子。

这是一个具体的"幽默"。

但是,要赏识"幽默"也真难。我曾经从生理学来证明过中国打屁股之合理:假使屁股是为了排泄或坐坐而生的罢,就不必这么大,脚底要小得远,不是足够支持全身了么?我们现在早不吃人了,肉也用不着这么多。那么,可见是专供打打之用的了。有时告诉人们,大抵以为是"幽默"。但假如有被打了的人,或自己遭了打,我想,恐怕那感应就不能这样了罢。

没有法子,在大家都不适意的时候,恐怕终于是"中国没有幽默"的了。

七月十八日。

柔石小传①

柔石,原名平复,姓赵,以一九〇一年生于浙江省台州宁海县的市门头。前几代都是读书的,到他的父亲,家景已不能支,只好去营小小的商业,所以他直到十岁,这才能入小学。一九一七年赴杭州,入第一师范学校;一面为杭州晨光社之一员,从事新文学运动。毕业后,在慈溪等处为小学教师,且从事创作,有短篇小说集《疯人》一本,即在宁波出版,是为柔石作品印行之始。一九二三年赴北京,为北京大学旁听生。

回乡后,于一九二五年春,为镇海中学校务主任,抵抗北洋军阀的压迫甚力。秋,咯血,但仍力助宁海青年,创办宁海中学,至次年,竟得募集款项,造成校舍;一面又任教育局局长,改革全县的教育。

一九二八年四月,乡村发生暴动。失败后,到处反动,较新的全被摧毁,宁海中学既遭解散,柔石也单身出走,寓居上海,研究文艺。十二月为《语丝》编辑,又与友人设立朝华

---

① 选自《二心集》。

社，于创作之外，并致力于绍介外国文艺，尤其是北欧，东欧的文学与版画，出版的有《朝华》周刊二十期，旬刊十二期，及《艺苑朝华》五本。后因代售者不付书价，力不能支，遂中止。

一九三〇年春，自由运动大同盟发动，柔石为发起人之一；不久，左翼作家联盟成立，他也为基本构成员之一，尽力于普罗文学运动。先被选为执行委员，次任常务委员编辑部主任；五月间，以左联代表的资格，参加全国苏维埃区域代表大会，毕后，作《一个伟大的印象》一篇。

一九三一年一月十七日被捕，由巡捕房经特别法庭移交龙华警备司令部，二月七日晚，被秘密枪决，身中十弹。

柔石有子二人，女一人，皆幼。文学上的成绩，创作有诗剧《人间的喜剧》，未印，小说《旧时代之死》，《三姊妹》，《二月》，《希望》，翻译有卢那卡尔斯基的《浮士德与城》，戈理基[①]的《阿尔泰莫诺夫氏之事业》及《丹麦短篇小说集》等。

[①] 戈理基：通译为高尔基（1868—1936），苏联作家。

忆韦素园君[①]

我也还有记忆的,但是,零落得很。我自己觉得我的记忆好像被刀刮过了的鱼鳞,有些还留在身体上,有些是掉在水里了,将水一搅,有几片还会翻腾,闪烁,然而中间混着血丝,连我自己也怕得因此污了赏鉴家的眼目。

现在有几个朋友要纪念韦素园君,我也须说几句话。是的,我是有这义务的。我只好连身外的水也搅一下,看看泛起怎样的东西来。

怕是十多年之前了罢,我在北京大学做讲师,有一天,在教师豫备室里遇见了一个头发和胡子统统长得要命的青年,这就是李霁野。我的认识素园,大约就是霁野介绍的罢,然而我忘记了那时的情景。现在留在记忆里的,是他已经坐在客店的一间小房子里计画出版了。

这一间小房子,就是未名社。

[①] 选自《且介亭杂文》。

那时我正在编印两种小丛书,一种是《乌合丛书》,专收创作,一种是《未名丛刊》,专收翻译,都由北新书局出版。出版者和读者的不喜欢翻译书,那时和现在也并不两样,所以《未名丛刊》是特别冷落的。恰巧,素园他们愿意绍介外国文学到中国来,便和李小峰商量,要将《未名丛刊》移出,由几个同人自办。小峰一口答应了,于是这一种丛书便和北新书局脱离。稿子是我们自己的,另筹了一笔印费,就算开始。因这丛书的名目,连社名也就叫了"未名"——但并非"没有名目"的意思,是"还没有名目"的意思,恰如孩子的"还未成丁"似的。

未名社的同人,实在并没有什么雄心和大志,但是,愿意切切实实的,点点滴滴的做下去的意志,却是大家一致的。而其中的骨干就是素园。

于是他坐在一间破小屋子,就是未名社里办事了,不过小半好像也因为他生着病,不能上学校去读书,因此便天然的轮着他守寨。

我最初的记忆是在这破寨里看见了素园,一个瘦小,精明,正经的青年,窗前的几排破旧外国书,在证明他穷着也还是钉住着文学。然而,我同时又有了一种坏印象,觉得和他是很难交往的,因为他笑影少。"笑影少"原是未名社同人的一种特色,不过素园显得最分明,一下子就能够令人感得。但到后来,我知道我的判断是错误了,和他也并不难于交往。他的不很笑，大约是因为年龄的不同，对我的一种特别态度罢，可惜我不能化为青年，使大家忘掉彼我，得到确证了。这真相，我想，霁野他们是知道的。

但待到我明白了我的误解之后，却同时又发现了一个他的致命伤：他太认真；虽然似乎沉静，然而他激烈。认真会是人的致命伤的么？至少，在那时以至现在，可以是的。一认真，便容易趋于激烈，发扬则送掉自己的命，沉静着，又啮碎了自己的心。

这里有一点小例子。——我们是只有小例子的。

那时候，因为段祺瑞总理和他的帮闲们的迫压，我已经逃到厦门，但北京的狐虎之威还正是无穷无尽。段派的女子师范大学校长林素园，带兵接收学校去了，演过全副武行之后，还指留着的几个教员为"共产党"。这个名词，一向就给有些人以"办事"上的便利，而且这方法，也是一种老谱，本来并不希罕的。但素园却好像激烈起来了，从此以后，他给我的信上，有好一晌竟憎恶"素园"两字而不用，改称为"漱园"。同时社内也发生了冲突，高长虹从上海寄信来，说素园压下了向培良的稿子，叫我讲一句话。我一声也不响。于是在《狂飙》上骂起来了，先骂素园，后是我。素园在北京压下了培良的稿子，却由上海的高长虹来抱不平，要在厦门的我去下判断，我颇觉得是出色的滑稽，而且一个团体，虽是小小的文学团体罢，每当光景艰难时，内部是一定有人起来捣乱的,这也并不希罕。然而素园却很认真,他不但写信给我,叙述着详情,还作文登在杂志上剖白。在"天才"们的法庭上,别人剖白得清楚的么?——我不禁长长的叹了一口气,想到他只是一个文人,又生着病,却这么拚命的对付着内忧外患,又怎么能够持久呢。自然,这仅仅是小忧患,但在认真而激烈的个人,却也相当的大的。

不久,未名社就被封,几个人还被捕。也许素园已经咯血,进了病院了罢,他不在内。但后来,被捕的释放,未名社也启封了,忽封忽启,忽捕忽放,我至今还不明白这是怎的一个玩意。

我到广州,是第二年——一九二七年的秋初,仍旧陆续的接到他几封信,是在西山病院里,伏在枕头上写就的,因为医生不允许他起坐。他措辞更明显,思想也更清楚,更广大了,但也更使我担心他的病。有一天,我忽然接到一本书,是布面装订的素园翻译的《外套》。我一看明白,就打了一个寒噤:这明明是他送给我的一个纪念品,莫非他已经自觉了生命的期限了么?

我不忍再翻阅这一本书,然而我没有法。

我因此记起,素园的一个好朋友也咯过血,一天竟对着素园咯起来,他慌张失措,用了爱和忧急的声音命令道:"你不许再吐了!"我那时却记起了伊孛生①的《勃兰特》。他不是命令过去的人,从新起来,却并无这神力,只将自己埋在崩雪下面的么?……

我在空中看见了勃兰特和素园,但是我没有话。

一九二九年五月末,我最以为侥幸的是自己到西山病院去,和素园谈了天。他为了日光浴,皮肤被晒得很黑了,精神却并不萎顿。我们和几个朋友都很高兴。但我在高兴中,又时时夹着悲哀:忽而想到他的爱人,已由他同意之后,和别人订了婚;忽而想到他竟连绍介外国文学给中国的一点志愿,也怕难于达到;忽而想到他在这里静卧着,不知道他自以为是在等候全愈,还是等候灭亡;忽而想到他为什么要寄给我一本精装的《外套》?……

壁上还有一幅陀思妥也夫斯基的大画像。对于这先生,我是尊敬,佩服的,但我又恨他残酷到了冷静的文章。他布置了精神上的苦刑,一个个拉了不幸的人来,拷问给我们看。现在他用沉郁的眼光,凝视着素园和他的卧榻,好像在告诉我:这也是可以收在作品里的不幸的人。

自然,这不过是小不幸,但在素园个人,是相当的大的。

一九三二年八月一日晨五时半,素园终于病殁在北平同仁医院里了,一切计画,一切希望,也同归于尽。我所抱憾的

---

① 伊孛生:通译为易卜生(1828—1906),挪威剧作家。

是因为避祸，烧去了他的信札，我只能将一本《外套》当作唯一的纪念，永远放在自己的身边。

自素园病殁之后，转眼已是两年了，这其间，对于他，文坛上并没有人开口。这也不能算是希罕的，他既非天才，也非豪杰，活的时候，既不过在默默中生存，死了之后，当然也只好在默默中泯没。但对于我们，却是值得记念的青年，因为他在默默中支持了未名社。

未名社现在是几乎消灭了，那存在期，也并不长久。然而自素园经营以来，绍介了果戈理（N.Gogol），陀思妥也夫斯基（F.Dostoevsky），安特列夫（L.Andreev），绍介了望·蔼覃①（F.van Eeden），绍介了爱伦堡（I.Ehrenburg）的《烟袋》和拉夫列涅夫（B.Lavrenev）的《四十一》。还印行了《未名新集》，其中有丛芜的《君山》，静农的《地之子》和《建塔者》，我的《朝华夕拾》，在那时候，也都还算是相当可看的作品。事实不为轻薄阴险小儿留情，曾几何年，他们就都已烟消火灭，然而未名社的译作，在文苑里却至今没有枯死的。

是的，但素园却并非天才，也非豪杰，当然更不是高楼的尖顶，或名园的美花，然而他是楼下的一块石材，园中的一撮泥土，在中国第一要他多。他不入于观赏者的眼中，只有建

---

① 望·蔼覃：通译为弗雷德里克·凡·伊登（1860—1932），荷兰作家。

筑者和栽植者,决不会将他置之度外。

文人的遭殃,不在生前的被攻击和被冷落,一瞑之后,言行两亡,于是无聊之徒,谬托知己,是非蜂起,既以自炫,又以卖钱,连死尸也成了他们的沽名获利之具,这倒是值得悲哀的。现在我以这几千字纪念我所熟识的素园,但愿还没有营私肥己的处所,此外也别无话说了。

我不知道以后是否还有记念的时候,倘止于这一次,那么,素园,从此别了!

一九三四年七月十六之夜,鲁迅记。

为了忘却的记念①

一

我早已想写一点文字,来记念几个青年的作家。这并非为了别的,只因为两年以来,悲愤总时时来袭击我的心,至今没有停止,我很想借此算是竦身一摇,将悲哀摆脱,给自己轻松一下,照直说,就是我倒要将他们忘却了。

两年前的此时,即一九三一年的二月七日夜或八日晨,是我们的五个青年作家同时遇害的时候。当时上海的报章都不敢载这件事,或者也许是不愿,或不屑载这件事,只在《文艺新闻》上有一点隐约其辞的文章。那第十一期(五月二十五日)里,有一篇林莽先生作的《白莽印象记》,中间说:

> "他做了好些诗,又译过匈牙利诗人彼得斐②的几首诗,当时的《奔流》的编辑者鲁迅接到了他的投稿,便来信要和他会面,但他却是不愿见名人的人,结果是鲁

---

① 选自《南腔北调集》。
② 彼得斐:通译为裴多菲(1823—1849),匈牙利民族英雄,诗人。

迅自己跑来找他,竭力鼓励他作文学的工作,但他终于不能坐在亭子间里写,又去跑他的路了。不久,他又一次的被了捕。……"

这里所说的我们的事情其实是不确的。白莽并没有这么高慢,他曾经到过我的寓所来,但也不是因为我要求和他会面;我也没有这么高慢,对于一位素不相识的投稿者,会轻率的写信去叫他。我们相见的原因很平常,那时他所投的是从德文译出的《彼得斐传》,我就发信去讨原文,原文是载在诗集前面的,邮寄不便,他就亲自送来了。看去是一个二十多岁的青年,面貌很端正,颜色是黑黑的,当时的谈话我已经忘却,只记得他自说姓徐,象山人;我问他为什么代你收信的女士是这么一个怪名字(怎么怪法,现在也忘却了),他说她就喜欢起得这么怪,罗曼谛克,自己也有些和她不大对劲了。就只剩了这一点。

夜里,我将译文和原文粗粗的对了一遍,知道除几处误译之外,还有一个故意的曲译。他像是不喜欢"国民诗人"这个字的,都改成"民众诗人"了。第二天又接到他一封来信,说很悔和我相见,他的话多,我的话少,又冷,好像受了一种威压似的。我便写一封回信去解释,说初次相会,说话不多,也是人之常情,并且告诉他不应该由自己的爱憎,将原文改变。因为他的原书留在我这里了,就将我所藏的两本集子送给他,问他可能再译几首诗,以供读者的参看。他果然译了几首,自己拿来了,我们就谈得比第一回多一些。这传和诗,后来就都登在《奔流》第二卷第五本,即最末的一本里。

我们第三次相见,我记得是在一个热天。有人打门了,我去开门时,来的就是白莽,却穿着一件厚棉袍,汗流满面,彼此都不禁失笑。这时他才告诉我他是一个革命者,刚由被捕而释出,衣服和书籍全被没收了,连我送他的那两本;身上的袍子是从朋友那里借来的,没有夹衫,而必须穿长衣,所以只好这么出汗。我想,这大约就是林莽先生说的"又一次的被了捕"的那一次了。

我很欣幸他的得释,就赶紧付给稿费,使他可以买一件夹衫,但一面又很为我的那两本书痛惜:落在捕房的手里,真是明珠投暗了。那两本书,原是极平常的,一本散文,一本诗集,据德文译者说,这是他搜集起来的,虽在匈牙利本国,也还没有这么完全的本子,然而印在《莱克朗氏万有文库》(Reclam's Universal-Bibliothek)中,倘在德国,就随处可得,也值不到一元钱。不过在我是一种宝贝,因为这是三十年前,正当我热爱彼得斐的时候,特地托丸善书店从德国去买来的,那时还恐怕因为书极便宜,店员不肯经手,开口时非常惴惴。后来大抵带在身边,只是情随事迁,已没有翻译的意思了,这回便决计送给这也如我的那时一样,热爱彼得斐的诗的青年,算是给它寻得了一个好着落。所以还郑重其事,托柔石亲自送去的。谁料竟会落在"三道头①"之类的手里呢,这岂不冤枉!

---

① 三道头:旧上海租界里的外国警察头目。因制服臂章上有三条横的标记,故称。

二

  我的决不邀投稿者相见,其实也并不完全因为谦虚,其中含着省事的分子也不少。由于历来的经验,我知道青年们,尤其是文学青年们,十之九是感觉很敏,自尊心也很旺盛的,一不小心,极容易得到误解,所以倒是故意回避的时候多。见面尚且怕,更不必说敢有托付了。但那时我在上海,也有一个惟一的不但敢于随便谈笑,而且还敢于托他办点私事的人,那就是送书去给白莽的柔石。

  我和柔石最初的相见,不知道是何时,在那里。他仿佛说过,曾在北京听过我的讲义,那么,当在八九年之前了。我也忘记了在上海怎么来往起来,总之,他那时住在景云里,离我的寓所不过四五家门面,不知怎么一来,就来往起来了。大约最初的一回他就告诉我是姓赵,名平复。但他又曾谈起他家乡的豪绅的气焰之盛,说是有一个绅士,以为他的名字好,要给儿子用,叫他不要用这名字了。所以我疑心他的原名是"平福",平稳而有福,才正中乡绅的意,对于"复"字却未必有这么热心。他的家乡,是台州的宁海,这只要一看他那台州式的硬气就知道,而且颇有点迂,有时会令我忽而想到方孝孺,觉得好像也有些这模样的。

  他躲在寓里弄文学,也创作,也翻译,我们往来了许多日,说得投合起来了,于是另外约定了几个同意的青年,设立朝华社。目的是在绍介东欧和北欧的文学,输入外国的版画,因为我们都以为应该来扶植一点刚健质朴的文艺。接着就印《朝花旬刊》，印《近代世界短篇小说集》，印《艺苑朝华》，算都在循着这条线，只有其中的一本《蕗谷虹儿画选》，是为了扫荡上海滩上的"艺术家"，即戳穿叶灵凤这纸老虎而印的。

然而柔石自己没有钱，他借了二百多块钱来做印本。除买纸之外，大部分的稿子和杂务都是归他做，如跑印刷局，制图，校字之类。可是往往不如意，说起来皱着眉头。看他旧作品，都很有悲观的气息，但实际上并不然，他相信人们是好的。我有时谈到人会怎样的骗人，怎样的卖友，怎样的吮血，他就前额亮晶晶的，惊疑地圆睁了近视的眼睛，抗议道，"会这样的么？——不至于此罢？……"

不过朝花社不久就倒闭了，我也不想说清其中的原因，总之是柔石的理想的头，先碰了一个大钉子，力气固然白化，此外还得去借一百块钱来付纸账。后来他对于我那"人心惟危"说的怀疑减少了，有时也叹息道，"真会这样的么？……"但是，他仍然相信人们是好的。

他于是一面将自己所应得的朝花社的残书送到明日书店和光华书局去，希望还能够收回几文钱，一面就拚命的译书，准备还借款，这就是卖给商务印书馆的《丹麦短篇小说集》和戈理基作的长篇小说《阿尔泰莫诺夫之事业》。但我想，这些译稿，也许去年已被兵火烧掉了。

他的迂渐渐的改变起来，终于也敢和女性的同乡或朋友一同去走路了，但那距离，却至少总有三四尺的。这方法很不好，有时我在路上遇见他，只要在相距三四尺前后或左右有一个年青漂亮的女人，我便会疑心就是他的朋友。但他和我一同走路的时候，可就走得近了，简直是扶住我，因为怕我被汽车或电车撞死；我这面也为他近视而又要照顾别人担心，大家都苍皇失措的愁一路，所以倘不是万不得已，我是不大和他一同出去的，我实在看得他吃力，因而自己也吃力。

无论从旧道德，从新道德，只要是损己利人的，他就挑选上，自己背起来。

他终于决定地改变了，有一回，曾经明白的告诉我，此后应该转换作品的内容和形式。我说：这怕难罢，譬如使惯了刀的，这回要他耍棍，怎么能行呢？他简洁的答道：只要学起来！

他说的并不是空话，真也在从新学起来了，其时他曾经带了一个朋友来访我，那就是冯铿女士。谈了一些天，我对于她终于很隔膜，我疑心她有点罗曼谛克，急于事功；我又疑心柔石的近来要做大部的小说，是发源于她的主张的。但我又疑心我自己，也许是柔石的先前的斩钉截铁的回答，正中了我那其实是偷懒的主张的伤疤，所以不自觉地迁怒到她身上去了。——我其实也并不比我所怕见的神经过敏而自尊的文学青年高明。

她的体质是弱的，也并不美丽。

三

直到左翼作家联盟成立之后,我才知道我所认识的白莽,就是在《拓荒者》上做诗的殷夫。有一次大会时,我便带了一本德译的,一个美国的新闻记者所做的中国游记去送他,这不过以为他可以由此练习德文,另外并无深意。然而他没有来。我只得又托了柔石。

但不久,他们竟一同被捕,我的那一本书,又被没收,落在"三道头"之类的手里了。

四

明日书店要出一种期刊,请柔石去做编辑,他答应了;书店还想印我的译著,托他来问版税的办法,我便将我和北新书局所订的合同,抄了一份交给他,他向衣袋里一塞,匆匆的走了。其时是一九三一年一月十六日的夜间,而不料这一去,竟就是我和他相见的末一回,竟就是我们的永诀。

第二天,他就在一个会场上被捕了,衣袋里还藏着我那印书的合同,听说官厅因此正在找寻我。印书的合同,是明明白白的,但我不愿意到那些不明不白的地方去辩解。记得《说岳全传》里讲过一个高僧,当追捕的差役刚到寺门之前,他就"坐化"了,还留下什么"何立从东来,我向西方走"的偈子。这是奴隶所幻想的脱离苦海的惟一的好方法,"剑侠"

盼不到,最自在的惟此而已。我不是高僧,没有涅槃的自由,却还有生之留恋,我于是就逃走。

这一夜,我烧掉了朋友们的旧信札,就和女人抱着孩子走在一个客栈里。不几天,即听得外面纷纷传我被捕,或是被杀了,柔石的消息却很少。有的说,他曾经被巡捕带到明日书店里,问是否是编辑;有的说,他曾经被巡捕带往北新书局去,问是否是柔石,手上上了铐,可见案情是重的。但怎样的案情,却谁也不明白。

他在囚系中,我见过两次他写给同乡①的信,第一回是这样的——

"我与三十五位同犯(七个女的)于昨日到龙华。并于昨夜上了镣,开政治犯从未上镣之纪录。此案累及太大,我一时恐难出狱,书店事望兄为我代办之。现亦好,且跟殷夫兄学德文,此事可告周先生;望周先生勿念,我等未受刑。捕房和公安局,几次问周先生地址,但我那里知道。诸望勿念。祝好!

赵少雄 一月二十四日。"

以上正面。

"洋铁饭碗,要二三只
如不能见面,可将东西

---

① 同乡:王育和(1903—1971),浙江宁海人,曾任宁海中学教员。

望转交赵少雄"

　　以上背面。

　　他的心情并未改变，想学德文，更加努力；也仍在记念我，像在马路上行走时候一般。但他信里有些话是错误的，政治犯而上镣，并非从他们开始，但他向来看得官场还太高，以为文明至今，到他们才开始了严酷。其实是不然的。果然，第二封信就很不同，措词非常惨苦，且说冯女士的面目都浮肿了，可惜我没有抄下这封信。其时传说也更加纷繁，说他可以赎出的也有，说他已经解往南京的也有，毫无确信；而用函电来探问我的消息的也多起来，连母亲在北京也急得生病了，我只得一一发信去更正，这样的大约有二十天。

　　天气愈冷了，我不知道柔石在那里有被褥不？我们是有的。洋铁碗可曾收到了没有？……但忽然得到一个可靠的消息，说柔石和其他二十三人，已于二月七日夜或八日晨，在龙华警备司令部被枪毙了，他的身上中了十弹。

　　原来如此！……

　　在一个深夜里，我站在客栈的院子中，周围是堆着的破烂的什物；人们都睡觉了，连我的女人和孩子。我沉重的感到我失掉了很好的朋友，中国失掉了很好的青年，我在悲愤中沉静下去了，然而积习却从沉静中抬起头来，凑成了这样的几句：

　　　　惯于长夜过春时，挈妇将雏鬓有丝。
　　　　梦里依稀慈母泪，城头变幻大王旗。

> 忍看朋辈成新鬼,怒向刀丛觅小诗。
> 吟罢低眉无写处,月光如水照缁衣。

但末二句,后来不确了,我终于将这写给了一个日本的歌人。

可是在中国,那时是确无写处的,禁锢得比罐头还严密。我记得柔石在年底曾回故乡,住了好些时,到上海后很受朋友的责备。他悲愤的对我说,他的母亲双眼已经失明了,要他多住几天,他怎么能够就走呢?我知道这失明的母亲的眷眷的心,柔石的拳拳的心。当《北斗》创刊时,我就想写一点关于柔石的文章,然而不能够,只得选了一幅珂勒惠支(Käthe Kollwitz)夫人的木刻,名曰《牺牲》,是一个母亲悲哀地献出她的儿子去的,算是只有我一个人心里知道的柔石的记念。

同时被难的四个青年文学家之中,李伟森我没有会见过,胡也频在上海也只见过一次面,谈了几句天。较熟的要算白莽,即殷夫了,他曾经和我通过信,投过稿,但现在寻起来,一无所得,想必是十七那夜统统烧掉了,那时我还没有知道被捕的也有白莽。然而那本《彼得斐诗集》却在的,翻了一遍,也没有什么,只在一首《Wahlspruch》(格言)的旁边,有钢笔写的四行译文道:

> "生命诚宝贵,
> 　爱情价更高;
> 若为自由故,

二者皆可抛!"

又在第二叶上,写着"徐培根①"三个字,我疑心这是他的真姓名。

五

前年的今日,我避在客栈里,他们却是走向刑场了;去年的今日,我在炮声中逃在英租界,他们则早已埋在不知那里的地下了;今年的今日,我才坐在旧寓里,人们都睡觉了,连我的女人和孩子。我又沉重的感到我失掉了很好的朋友,中国失掉了很好的青年,我在悲愤中沉静下去了,不料积习又从沉静中抬起头来,写下了以上那些字。

要写下去,在中国的现在,还是没有写处的。年青时读向子期《思旧赋》,很怪他为什么只有寥寥的几行,刚开头却又煞了尾。然而,现在我懂得了。

不是年青的为年老的写记念,而在这三十年中,却使我目睹许多青年的血,层层淤积起来,将我埋得不能呼吸,我只能用这样的笔墨,写几句文章,算是从泥土中挖一个小孔,自己延口残喘,这是怎样的世界呢。夜正长,路也正长,我不如忘却,不说的好罢。但我知道,即使不是我,将来总会有记起他们,再说他们的时候的。……

二月七——八日。

---

① 徐培根:白莽的哥哥。

记念刘和珍君①

一

中华民国十五年三月二十五日,就是国立北京女子师范大学为十八日在段祺瑞执政府前遇害的刘和珍杨德群两君开追悼会的那一天,我独在礼堂外徘徊,遇见程君,前来问我道,"先生可曾为刘和珍写了一点什么没有?"我说"没有"。她就正告我,"先生还是写一点罢;刘和珍生前就很爱看先生的文章。"

这是我知道的,凡我所编辑的期刊,大概是因为往往有始无终之故罢,销行一向就甚为寥落,然而在这样的生活艰难中,毅然预定了《莽原》全年的就有她。我也早觉得有写一点东西的必要了,这虽然于死者毫不相干,但在生者,却大抵只能如此而已。倘使我能够相信真有所谓"在天之灵",那自然可以得到更大的安慰,——但是,现在,却只能如此而已。

可是我实在无话可说。我只觉得所住的并非人间。四十多个青年的血,洋溢在我的周围,使我艰于呼吸视听,那里还

---

① 选自《华盖集续编》。

能有什么言语？长歌当哭，是必须在痛定之后的。而此后几个所谓学者文人的阴险的论调，尤使我觉得悲哀。我已经出离愤怒了。我将深味这非人间的浓黑的悲凉；以我的最大哀痛显示于非人间，使它们快意于我的苦痛，就将这作为后死者的菲薄的祭品，奉献于逝者的灵前。

二

真的猛士，敢于直面惨淡的人生，敢于正视淋漓的鲜血。这是怎样的哀痛者和幸福者？然而造化又常常为庸人设计，以时间的流驶，来洗涤旧迹，仅使留下淡红的血色和微漠的悲哀。在这淡红的血色和微漠的悲哀中，又给人暂得偷生，维持着这似人非人的世界。我不知道这样的世界何时是一个尽头！

我们还在这样的世上活着；我也早觉得有写一点东西的必要了。离三月十八日也已有两星期，忘却的救主快要降临了罢，我正有写一点东西的必要了。

三

在四十余被害的青年之中，刘和珍君是我的学生。学生云者，我向来这样想，这样说，现在却觉得有些踌躇了，我应该对她奉献我的悲哀与尊敬。她不是"苟活到现在的我"的学生,是为了中国而死的中国的青年。

她的姓名第一次为我所见,是在去年夏初杨荫榆女士做女子师范大学校长,开除校中六个学生自治会职员的时候。其中的一个就是她;但是我不认识。直到后来,也许已经是刘百昭率领男女武将,强拖出校之后了,才有人指着一个学生告诉我,说:这就是刘和珍。其时我才能将姓名和实体联合起来,心中却暗自诧异。我平素想,能够不为势利所屈,反抗一广有羽翼的校长的学生,无论如何,总该是有些桀骜锋利的,但她却常常微笑着,态度很温和。待到偏安于宗帽胡同,赁屋授课之后,她才始来听我的讲义,于是见面的回数就较多了,也还是始终微笑着,态度很温和。待到学校恢复旧观,往日的教职员以为责任已尽,准备陆续引退的时候,我才见她虑及母校前途,黯然至于泣下。此后似乎就不相见。总之,在我的记忆上,那一次就是永别了。

四

我在十八日早晨,才知道上午有群众向执政府请愿的事;下午便得到噩耗,说卫队居然开枪,死伤至数百人,而刘和珍君即在遇害者之列。但我对于这些传说,竟至于颇为怀疑。我向来是不惮以最坏的恶意,来推测中国人的,然而我还不料,也不信竟会下劣凶残到这地步。况且始终微笑着的和蔼的刘和珍君,更何至于无端在府门前喋血呢?

然而即日证明是事实了,作证的便是她自己的尸骸。还有一具,是杨德群君的。而且又证明着这不但是杀害,简直是虐杀,因为身体上还有棍棒的伤痕。

但段政府就有令,说她们是"暴徒"!

但接着就有流言,说她们是受人利用的。

惨象,已使我目不忍视了;流言,尤使我耳不忍闻。我还有什么话可说呢?我懂得衰亡民族之所以默无声息的缘由了。沉默呵,沉默呵!不在沉默中爆发,就在沉默中灭亡。

五

但是,我还有要说的话。

我没有亲见;听说,她,刘和珍君,那时是欣然前往的。自然,请愿而已,稍有人心者,谁也不会料到有这样的罗网。但竟在执政府前中弹了,从背部入,斜穿心肺,已是致命的创伤,只是没有便死。同去的张静淑君想扶起她,中了四弹,其一是手枪,立仆;同去的杨德群君又想去扶起她,也被击,弹从左肩入,穿胸偏右出,也立仆。但她还能坐起来,一个兵在她头部及胸部猛击两棍,于是死掉了。

始终微笑的和蔼的刘和珍君确是死掉了,这是真的,有她自己的尸骸为证;沉勇而友爱的杨德群君也死掉了,有她自己的尸骸为证;只有一样沉勇而友爱的张静淑君还在医院里呻吟。当三个女子从容地转辗于文明人所发明的枪弹的攒射中的时候,这是怎样的一个惊心动魄的伟大呵！中国军人的屠戮妇婴的伟绩，八国联军的惩创学生的武功，不幸全被这几缕血痕抹杀了。

但是中外的杀人者却居然昂起头来，不知道个个脸上有着血污……。

六

时间永是流驶，街市依旧太平，有限的几个生命，在中国是不算什么的，至多，不过供无恶意的闲人以饭后的谈资，或者给有恶意的闲人作"流言"的种子。至于此外的深的意义，我总觉得很寥寥，因为这实在不过是徒手的请愿。人类的血战前行的历史，正如煤的形成，当时用大量的木材，结果却只是一小块，但请愿是不在其中的，更何况是徒手。

然而既然有了血痕了，当然不觉要扩大。至少，也当浸渍了亲族，师友，爱人的心，纵使时光流驶，洗成绯红，也会在微漠的悲哀中永存微笑的和蔼的旧影。陶潜说过，"亲戚或余悲，他人亦已歌，死去何所道，托体同山阿。"倘能如此，这也就够了。

七

我已经说过：我向来是不惮以最坏的恶意来推测中国人的。但这回却很有几点出于我的意外。一是当局者竟会这样地凶残，一是流言家竟至如此之下劣，一是中国的女性临难竟能如是之从容。

我目睹中国女子的办事，是始于去年的，虽然是少数，但看那干练坚决，百折不回的气概，曾经屡次为之感叹。至于这一回在弹雨中互相救助，虽殒身不恤的事实，则更足为中国女子的勇毅，虽遭阴谋秘计，压抑至数千年，而终于没有消亡的明证了。倘要寻求这一次死伤者对于将来的意义，意义就在此罢。

苟活者在淡红的血色中，会依稀看见微茫的希望；真的猛士，将更奋然而前行。

呜呼，我说不出话，但以此记念刘和珍君！

四月一日。

白莽作《孩儿塔》序①

春天去了一大半了,还是冷;加上整天的下雨,淅淅沥沥,深夜独坐,听得令人有些凄凉,也因为午后得到一封远道寄来的信,要我给白莽的遗诗写一点序文之类;那信的开首说道:"我的亡友白莽,恐怕你是知道的罢。……"——这就使我更加惆怅。

说起白莽来,——不错,我知道的。四年之前,我曾经写过一篇《为忘却的记念》②,要将他们忘却。他们就义了已经足有五个年头了,我的记忆上,早又蒙上许多新鲜的血迹;这一提,他的年青的相貌就又在我的眼前出现,像活着一样,热天穿着大棉袍,满脸油汗,笑笑的对我说道:"这是第三回了。自己出来的。前两回都是哥哥保出,他一保就要干涉我,这回我不去通知他了。……"——我前一回的文章上是猜错的,这哥哥才是徐培根,航空署长,终于和他成了殊途同归的兄弟;他却叫徐白,较普通的笔名是殷夫。

一个人如果还有友情,那么,收存亡友的遗文真如捏着

---

① 选自《且介亭杂文末编》。
②《为忘却的记念》:当为《为了忘却的记念》。

一团火,常要觉得寝食不安,给它企图流布的。这心情我很了然,也知道有做序文之类的义务。我所惆怅的是我简直不懂诗,也没有诗人的朋友,偶尔一有,也终至于闹开,不过和白莽没有闹,也许是他死得太快了罢。现在,对于他的诗,我一句也不说——因为我不能。

这《孩儿塔》的出世并非要和现在一般的诗人争一日之长,是有别一种意义在。这是东方的微光,是林中的响箭,是冬末的萌芽,是进军的第一步,是对于前驱者的爱的大纛,也是对于摧残者的憎的丰碑。一切所谓圆熟简练,静穆幽远之作,都无须来作比方,因为这诗属于别一世界。

那一世界里有许多许多人,白莽也是他们的亡友。单是这一点,我想,就足够保证这本集子的存在了,又何需我的序文之类。

一九三六年三月十一夜,鲁迅记于上海之且介亭。

记"杨树达"君的袭来[①]

今天早晨,其实时候是大约已经不早了。我还睡着,女工将我叫了醒来,说:"有一个师范大学的杨先生,杨树达,要来见你。"我虽然还不大清醒,但立刻知道是杨遇夫君,他名树达,曾经因为邀我讲书的事,访过我一次的。我一面起来,一面对女工说:"略等一等,就请罢。"

我起来看钟,是九点二十分。女工也就请客去了。不久,他就进来,但我一看很愕然,因为他并非我所熟识的杨树达君,他是一个方脸,淡赭色脸皮,大眼睛长眼梢,中等身材的二十多岁的学生风的青年。他穿着一件藏青色的爱国布(?)长衫,时式的大袖子。手上拿一顶很新的淡灰色中折帽,白的围带;还有一个采色铅笔的扁匣,但听那摇动的声音,里面最多不过是两三支很短的铅笔。

"你是谁?"我诧异的问,疑心先前听错了。

"我就是杨树达。"

我想:原来是一个和教员的姓名完全相同的学生,但也

[①] 选自《集外集》。

许写法并不一样。

"现在是上课时间,你怎么出来的?"

"我不乐意上课!"

我想:原来是一个孤行己意,随随便便的青年,怪不得他模样如此傲慢。

"你们明天放假罢……"

"没有,为什么?"

"我这里可是有通知的,……"我一面说,一面想,他连自己学校里的纪念日都不知道了,可见是已经多天没有上课,或者也许不过是一个假借自由的美名的游荡者罢。

"拿通知给我看。"

"我团掉了。"我说。

"拿团掉的我看。"

"拿出去了。"

"谁拿出去的?"

我想:这奇怪,怎么态度如此无礼?然而他似乎是山东口音,那边的人多是率直的,况且年青的人思想简单,……或者他知道我不拘这些礼节:这不足为奇。

"你是我的学生么?"但我终于疑惑了。

"哈哈哈,怎么不是。"

"那么,你今天来找我干什么?"

"要钱呀,要钱!"

我想:那么,他简直是游荡者,荡窘了,各处乱钻。

"你要钱什么用?"我问。

"穷呀。要吃饭不是总要钱吗?我没有饭吃了!"他手舞足蹈起来。

"你怎么问我来要钱呢?"

"因为你有钱呀。你教书,做文章,送来的钱多得很。"他说着,脸上做出凶相,手在身上乱摸。

我想:这少年大约在报章上看了些什么上海的恐吓团的记事,竟模仿起来了,还是防着点罢。我就将我的坐位略略移动,豫备容易取得抵抗的武器。

"钱是没有。"我决定的说。

"说谎!哈哈哈,你钱多得很。"

女工端进一杯茶来。

"他不是很有钱么?"这少年便问她,指着我。

女工很惶窘了,但终于很怕的回答:"没有。"

"哈哈哈,你也说谎!"

女工逃出去了。他换了一个坐位,指着茶的热气,说:

"多么凉。"

我想:这意思大概算是讥刺我,犹言不肯将钱助人,是凉血动物。

"拿钱来!"他忽而发出大声,手脚也愈加舞蹈起来,"不给钱是不走的!"

"没有钱。"我仍然照先的说。

"没有钱?你怎么吃饭?我也要吃饭。哈哈哈哈。"

"我有我吃饭的钱，没有给你的钱。你自己挣去。"

"我的小说卖不出去。哈哈哈！"

我想：他或者投了几回稿，没有登出，气昏了。然而为什么向我为难呢？大概是反对我的作风的。或者是有些神经病的罢。

"你要做就做，要不做就不做，一做就登出，送许多钱，还说没有，哈哈哈哈。晨报馆的钱已经送来了罢，哈哈哈。什么东西！周作人，钱玄同；周树人就是鲁迅，做小说的，对不对？孙伏园；马裕藻就是马幼渔，对不对？陈通伯，郁达夫。什么东西！Tolstoi①，Andreev②，张三，什么东西！哈哈哈，冯玉祥，吴佩孚，哈哈哈。"

"你是为了我不再向晨报馆投稿的事而来的么？"但我又即刻觉到我的推测有些不确了，因为我没有见过杨遇夫马幼渔在《晨报副镌》上做过文章，不至于拉在一起；况且我的译稿的稿费至今还没有着落，他该不至于来说反话的。

"不给钱是不走的。什么东西，还要找！还要找陈通伯去。我就要找你的兄弟去，找周作人去，找你的哥哥去。"

我想：他连我的兄弟哥哥都要找遍，大有恢复灭族法之意了，的确古人的凶心都遗传在现在的青年中。我同时又觉得这意思有些可笑，就自己微笑起来。

"你不舒服罢？"他忽然问。

---

① Tolstoi：托尔斯泰。
② Andreev：安德烈耶夫。

"是的,有些不舒服,但是因为你骂得不中肯。"

"我朝南。"他又忽而站起来,向后窗立着说。

我想:这不知道是什么意思。

他忽而在我的床上躺下了。我拉开窗幔,使我的佳客的脸显得清楚些,以便格外看见他的笑貌。他果然有所动作了,是使他自己的眼角和嘴角都颤抖起来,以显示凶相和疯相,但每一抖都很费力,所以不到十抖,脸上也就平静了。

我想:这近于疯人的神经性痉挛,然而颤动何以如此不调匀,牵连的范围又何以如此之大,并且很不自然呢?——一定,他是装出来的。

我对于这杨树达君的纳罕和相当的尊重,忽然都消失了,接着就涌起要呕吐和沾了腥腥东西似的感情来。原来我先前的推测,都太近于理想的了。初见时我以为简率的口调,他的意思不过是装疯,以热茶为冷,以北为南的话,也不过是装疯。从他的言语举动综合起来,其本意无非是用了无赖和狂人的混合状态,先向我加以侮辱和恫吓,希图由此传到别个,使我和他所提出的人们都不敢再做辩论或别样的文章。而万一自己遇到困难的时候,则就用"神经病"这一个盾牌来减轻自己的责任。但当时不知怎样,我对于他装疯技术的拙劣,就是其拙至于使我在先觉不出他是疯人,后来渐渐觉到有些疯意,而又立刻露出破绽的事,尤其抱着特别的反感了。

他躺着唱起歌来。但我于他已经毫不感到兴味,一面想,自己竟受了这样浅薄卑劣的欺骗了,一面却照了他的歌调吹着口笛,借此嘘出我心中的厌恶来。

"哈哈哈!"他翘起一足,指着自己鞋尖大笑。那是玄色的深梁的布鞋,裤是西式的,全体是一个时髦的学生。

我知道,他是在嘲笑我的鞋尖已破,但已经毫不感到什么兴味了。

他忽而起来,走出房外去,两面一看,极灵敏地找着了厕所,小解了。我跟在他后面,也陪着他小解了。

我们仍然回到房里。

"吓!什么东西!……"他又要开始。

我可是有些不耐烦了,但仍然恳切地对他说:

"你可以停止了。我已经知道你的疯是装出来的。你此来也另外还藏着别的意思。如果是人,见人就可以明白的说,无须装怪相。还是说真话罢,否则,白费许多工夫,毫无用处的。"

他貌如不听见,两手搂着裤裆,大约是扣扣子,眼睛却注视着壁上的一张水彩画。过了一会,就用第二个指头指着那画大笑:

"哈哈哈!"

这些单调的动作和照例的笑声,我本已早经觉得枯燥的了,而况是假装的,又如此拙劣,便愈加看得烦厌。他侧立在我的前面,我坐着,便用了曾被讥笑的破的鞋尖一触他的胫骨,说:

"已经知道是假的了,还装甚么呢?还不如直说出你的本意来。"

但他貌如不听见,徘徊之间,突然取了帽和铅笔匣,向外走去了。

这一着棋是又出于我的意外的,因为我还希望他是一个可以理喻,能知惭愧的青年。他身体很强壮,相貌很端正。Tolstoi 和 Andreev 的发音也还正。

我追到风门前,拉住他的手,说道,"何必就走,还是自己说出本意来罢,我可以更明白些……"他却一手乱摇,终于闭了眼睛,拼两手向我一挡,手掌很平的正对着我:他大概是懂得一点国粹的拳术的。

他又往外走。我一直送到大门口,仍然用前说去固留,而他推而且挣,终于挣出大门了。他在街上走得很傲然,而且从容地。

这样子,杨树达君就远了。

我回进来,才向女工问他进来时候的情形。

"他说了名字之后,我问他要名片,他在衣袋里掏了一会,说道,'阿,名片忘了,还是你去说一声罢。'笑嘻嘻,一点不像疯的。"女工说。

我愈觉得要呕吐了。

然而这手段却确乎使我受损了,——除了先前的侮辱和恫吓之外。我的女工从此就将门关起来,到晚上听得打门声,只大叫是谁,却不出去,总须我自己去开门。我写完这篇文字之间,就放下了四回笔。

"你不舒服罢？"杨树达君曾经这样问过我。

是的，我的确不舒服。我历来对于中国的情形，本来多已不舒服的了，但我还没有预料到学界或文界对于他的敌手竟至于用了疯子来做武器，而这疯子又是假的，而装这假疯子的又是青年的学生。

二四年十一月十三日夜。

徐懋庸

（一）[1]

懋庸先生：

来示谨悉。我因为根据着前五年的经验，对于有几个书店的出版物，是决不投稿的，而光华即是其中之一。

他们善于俟机利用别人，出版刊物，到或一时候，便面目全变，决不为别人略想一想。例如罢，《自由谈半月刊》这名称，是影射和乘机，很不好的，他们既请先生为编辑，不是首先第一步，已经不听编辑者的话么。则后来可想而知了。

我和先生见面过多次了，至少已经是一个熟人，所以我想进一句忠告：不要去做编辑。先生也许想：已经答应了，不可失信的。但他们是决不讲信用的，讲信用要两面讲，待到他们翻脸不识时，事情就更糟。所以我劝先生坚决的辞掉，不要跳下这泥塘去。

先生想于青年有益，这是极不错的，但我以为还是自己

---

[1] 选自1934年5月26日致徐懋庸的信。

向各处投稿，一面译些有用的书，由可靠的书局出版，于己于人，益处更大。

以上是完全出于诚心的话，请恕其直言。晤谈亦甚愿，但本月没有工夫了，下月初即可。又因失掉了先生的通信住址，乞见示为荷。

专此布复，即请

著安。

迅　启上　五月廿六

（二）答徐懋庸并关于抗日统一战线问题①

鲁迅先生：

贵恙已痊愈否？念念。自先生一病，加以文艺界的纠纷，我就无缘再亲聆教诲，思之常觉怆然！

我现因生活困难，身体衰弱，不得不离开上海，拟往乡间编译一点卖现钱的书后，再来沪上。趁此机会，暂作上海"文坛"的局外人，仔细想想一切问题，也许会更明白些的罢。

在目前，我总觉得先生最近半年来的言行，是无意地助长着恶劣的倾向的。以胡风的性情之诈，以黄源的行为之谄，先生都没有细察，永远被他们据为私有，眩惑群众，若偶像

---

① 选自《且介亭杂文末编》。

然，于是从他们的野心出发的分离运动，遂一发而不可收拾矣。胡风他们的行动，显然是出于私心的，极端的宗派运动，他们的理论，前后矛盾，错误百出。即如"民族革命战争的大众文学"这口号，起初原是胡风提出来用以和"国防文学"对立的，后来说一个是总的，一个是附属的，后来又说一个是左翼文学发展到现阶段的口号，如此摇摇荡荡，即先生亦不能替他们圆其说。对于他们的言行，打击本极易，但徒以有先生作着他们的盾牌，人谁不爱先生，所以在实际解决和文字斗争上都感到绝大的困难。

我很知道先生的本意。先生是唯恐参加统一战线的左翼战友，放弃原来的立场，而看到胡风们在样子上尚左得可爱；所以赞同了他们的。但我要告诉先生，这是先生对于现在的基本的政策没有了解之故。现在的统一战线——中国的和全世界的都一样——固然是以普洛为主体的，但其成为主体，并不由于它的名义，它的特殊地位和历史，而是由于它的把握现实的正确和斗争能力的巨大。所以在客观上，普洛之为主体，是当然的。但在主观上，普洛不应该挂起明显的徽章，不以工作，只以特殊的资格去要求领导权，以至吓跑别的阶层的战友。所以，在目前的时候，到联合战线中提出左翼的口号来，是错误的，是危害联合战线的。所以先生最近所发表的《病中答客问》，既说明"民族革命战争的大众文学"是普洛文学到现在的一发展，又说这应该作为统一战线的总口号，这是不对的。

再说参加"文艺家协会"的"战友"，未必个个右倾堕落,如先生所疑虑者;况集合在先生的左右的"战友",既然包括巴金和黄源之流,难道先生以为凡参加"文艺家协会"的人们,竟个个不如巴金和黄源么?我从报章杂志上,知道法西两国"安那其"之反动,破坏联合战线,无异于托派,中国的"安那其"的行为,则更卑劣。黄源是一个根本没有思想,只靠捧名流为生的东西。从前他奔走于傅郑①门下之时,一副谄佞之相,固不异于今日之对先生效忠致敬。先生可与此辈为伍,而不屑与多数人合作,此理我实不解。

我觉得不看事而只看人,是最近半年来先生的错误的根由。先生的看人又看得不准。譬如,我个人,诚然是有许多缺点的,但先生却把我写字糊涂这一层当作大缺点,我觉得实在好笑。(我为什么故意要把"邱韵铎"三字,写成像"郑振铎"的样子呢?难道郑振铎是先生所喜欢的人么?)为此小故,遽拒一个人于千里之外,我实以为不对。

我今天就要离沪,行色匆匆,不能多写了,也许已经写得太多。以上所说,并非存心攻击先生,实在很希望先生仔细想一想各种事情。

拙译《斯太林传》快要出版,出版后当寄奉一册,此书甚望先生细看一下,对原意和译文,均望批评。敬颂

痊安。

懋庸上。八月一日。

---

① 傅郑:傅东华和郑振铎。傅东华(1893—1971),中国翻译家、作家;郑振铎(1898—1958),中国作家、文学史家。

以上，是徐懋庸给我的一封信，我没有得他同意就在这里发表了，因为其中全是教训我和攻击别人的话，发表出来，并不损他的威严，而且也许正是他准备我将它发表的作品。但自然，人们也不免因此看得出：这发信者倒是有些"恶劣"的青年！

但我有一个要求：希望巴金，黄源，胡风诸先生不要学徐懋庸的样。因为这信中有攻击他们的话，就也报答以牙眼，那恰正中了他的诡计。在国难当头的现在，白天里讲些冠冕堂皇的话，暗夜里进行一些离间，挑拨，分裂的勾当的，不就正是这些人么？这封信是有计划的，是他们向没有加入"文艺家协会"的人们的新的挑战，想这些人们去应战，那时他们就加你们以"破坏联合战线"的罪名，"汉奸"的罪名。然而我们不，我们决不要把笔锋去专对几个个人，"先安内而后攘外"，不是我们的办法。

但我在这里，有些话要说一说。首先是我对于抗日的统一战线的态度。其实，我已经在好几个地方说过了，然而徐懋庸等似乎不肯去看一看，却一味的咬住我，硬要诬陷我"破坏统一战线"，硬要教训我说我"对于现在基本的政策没有了解"。我不知道徐懋庸们有什么"基本的政策"。（他们的基本政策不就是要咬我几口么？）然而中国目前的革命的政党向全国人民所提出的抗日统一战线的政策，我是看见的，我是拥护的，我无条件地加入这战线，那理由就因为我不但是一个作家，而且是一个中国人，所以这政策在我是认为非常正确的，我加入这统一战线，自然，我所使用的仍是一枝笔，所做的事仍是写文章，译书，等到这枝笔没有用了，我可自己相信，用起别的武器来，决不会在徐懋庸等辈之下！

其次，我对于文艺界统一战线的态度。我赞成一切文学家，任何派别的文学家在抗日的口号之下统一起来的主张。我也曾经提出过我对于组织这种统一的团体的意见过，那些意见，自然是被一些所谓"指导家"格杀了，反而即刻从天外飞来似地加我以"破坏统一战线"的罪名。这首先就使我暂不加入"文艺家协会"了，因为我要等一等，看一看，他们究竟干的什么勾当；我那时实在有点怀疑那些自称"指导家"以及徐懋庸式的青年，因为据我的经验，那种表面上扮着"革命"的面孔，而轻易诬陷别人为"内奸"，为"反革命"，为"托派"，以至为"汉奸"者，大半不是正路人；因为他们巧妙地格杀革命的民族的力量，不顾革命的大众的利益，而只借革命以营私，老实说，我甚至怀疑过他们是否系敌人所派遣。我想，我不如暂避无益于人的危险，暂不听他们指挥罢。自然，事实会证明他们到底的真相，我决不愿来断定他们是什么人，但倘使他们真的志在革命与民族，而不过心术的不正当，观念的不正确，方式的蠢笨，那我就以为他们实有自行改正一下的必要。我对于"文艺家协会"的态度，我认为它是抗日的作家团体，其中虽有徐懋庸式的人，却也包含了一些新的人；但不能以为有了"文艺家协会"，就是文艺界的统一战线告成了，还远得很，还没有将一切派别的文艺家都联为一气。那原因就在"文艺家协会"还非常浓厚的含有宗派主义和行帮情形。不看别的,单看那章程,对于加入者的资格就限制得太严;就是会员要缴一元入会费,两元年费,也就表示着"作家阀"的倾向,不是抗日"人民式"的了。在理论上,如《文学界》创刊号上所发表的关于"联合问题"和"国防文学"的文章,是基本上宗派主义的;一个作者引用了我在一九三〇年讲的话,并以那些话为出发点,因此虽声声口口说联合任何派别的作家,而仍自己一相情愿的制定了加入的限制与条件。这是作者忘记了时代。我以为文艺家在抗日问题上的联合是无条件的,只要他不是汉奸,愿意或赞成抗日,则不论叫哥哥妹妹,之乎者也,或鸳鸯蝴蝶都无妨。但在文学问题上我们仍可以互相批判。这个作者又引例了法国的人民阵线,然而我以为这又是作者忘记了国度,因为我们的抗日人民统一战线是比法国的人民阵线还要广泛得多的。另一个作者解释"国防文学",说"国防文学"必须有正确的创作方法,又说现在不是"国防文学"就是"汉奸文学",欲以"国防文学"一口号去统一作家,也先豫备了"汉奸文学"这名词作为后日批评别人之用。这实在是出色的宗派主义的理论。我以为应当说:作家在"抗日"的旗帜,或者在"国防"的旗帜之下联合起来;不能说:作家在"国防文学"的口号下联合起来,因为有些作者不写"国防为主题"的作品,仍可从各方面来参加抗日的联合战线;即使他像我一样没有加入"文艺家协会",也未必就是"汉奸"。"国防文学"不能包括一切文学,因为在"国防文学"与"汉奸文学"之外，确有既非前者也非后者的文学，除非他们有本领也证明了《红楼梦》，《子夜》，《阿Q正传》是"国防文学"或"汉奸文学"。这种文学存在着，但它不是杜衡，韩侍桁，杨邨人之流的什么"第三种文学"。因此，我很同意郭沫若先生的"国防文艺是广义的爱国主义的文学"和"国防文艺是作家关系间的标帜，不是作品原则上的标帜"的意见。我提议"文艺家协会"应该克服它的理论上与行动上的宗派主义与行帮现象，把限度放得更宽些，同时最好将所谓"领导权"移到那些确能认真做事的作家和青年手里去，不能专让徐懋庸之流的人在包办。至于我个人的加入与否，却并非重要的事。

其次，我和"民族革命战争的大众文学"这口号的关系。徐懋庸之流的宗派主义也表现在对于这口号的态度上。他们既说这是"标新立异"，又说是与"国防文学"对抗。我真料不到他们会宗派到这样的地步。只要"民族革命战争的大众文学"的口号不是"汉奸"的口号，那就是一种抗日的力量；为什么这是"标新立异"？你们从那里看出这是与"国防文学"对抗？拒绝友军之生力的，暗暗的谋杀抗日的力量的，是你们自己的这种比"白衣秀士"王伦还要狭小的气魄。我以为在抗日战线上是任何抗日力量都应当欢迎的，同时在文学上也应当容许各人提出新的意见来讨论，"标新立异"也并不可怕；这和商人的专卖不同，并且事实上你们先前提出的"国防文学"的口号，也并没有到南京政府或"苏维埃"政府去注过册。但现在文坛上仿佛已有"国防文学"牌与"民族革命战争大众文学"牌的两家，这责任应该徐懋庸他们来负，我在病中答访问者的一文里是并没有把它们看成两家的。自然，我还得说一说"民族革命战争的大众文学"这口号的无误及其与"国防文学"口号之关系。——我先得说，前者这口号不是胡风提的，胡风做过一篇文章是事实，但那是我请他做的，他的文章解释得不清楚也是事实。这口号，也不是我一个人的"标新立异"，是几个人大家经过一番商议的，茅盾先生就是参加商议的一个。郭沫若先生远在日本，被侦探监视着，连去信商问也不方便。可惜的就只是没有邀请徐懋庸们来参加议讨。但问题不在这口号由谁提出，只在它有没有错误。如果它是为了推动一向囿于普洛革命文学的左翼作家们跑到抗日的民族革命战争的前线上去，它是为了补救"国防文学"这名词本身的在文学思想的意义上的不明了性，以及纠正一些注进"国防文学"这名词里去的不正确的意见，为了这些理由而被提出，那么它是正当的，正确的。如果人不用脚底皮去思想，而是用过一点脑子，那就不能随便说句"标新立异"就完事。"民族革命战争的大众文学"这名词，在本身上，比"国防文学"这名词，意义更明确，更深刻，更有内容。"民族革命战争的大众文学"，主要是对前进的一向称左翼的作家们提倡的，希望这些作家们努力向前进，在这样的意义上，在进行联合战线的现在，徐懋庸说不能提出这样的口号，是胡说！"民族革命战争的大众文学"，也可以对一般或各派作家提倡的，希望的，希望他们也来努力向前进，在这样的意义上，说不能对一般或各派作家提这样的口号，也是胡说！但这不是抗日统一战线的标准，徐懋庸说我"说这应该作为统一战线的总口号"，更是胡说！我问徐懋庸究竟看了我的文章没有？人们如果看过我的文章，如果不以徐懋庸他们解释"国防文学"的那一套来解释这口号，如聂绀弩等所致的错误，那么这口号和宗派主义或关门主义是并不相干的。这里的"大众"，即照一向的"群众"，"民众"的意思解释也可以，何况在现在，当然有"人民大众"这意思呢。我说"国防文学"是我们目前文学运动的具体口号之一，为的是"国防文学"这口号，颇通俗，已经有很多人听惯，它能扩大我们政治的和文学的影响，加之它可以解释为作家在国防旗帜下联合，为广义的爱国主义的文学的缘故。因此，它即使曾被不正确的解释，它本身含义上有缺陷，它仍应当存在，因为存在对于抗日运动有利益。我以为这两个口号的并存，不必像辛人先生的"时期性"与"时候性"的说法，我更不赞成人们以各种的限制加到"民族革命战争的大众文学"上。如果一定要以"国防文学"提出在先，这是正统，那么就将正统权让给要正统的人们也未始不可，因为问题不在争口号，而在实做；尽管喊口号，争正统，固然也可作为"文章"，取点稿费，靠此为生，但尽管如此，也到底不是久计。

最后，我要说到我个人的几件事。徐懋庸说我最近半年的言行，助长着恶劣的倾向。我就检查我这半年的言行。所谓言者，是发表过四五篇文章，此外，至多对访问者谈过一些闲天，对医生报告我的病状之类；所谓行者，比较的多一点，印过两本版画,一本杂感,译过几章《死魂灵》,生过三个月的病,签过一个名,此外,也并未到过咸肉庄或赌场,并未出席过什么会议。我真不懂我怎样助长着,以及助长什么恶劣倾向。难道因为我生病么?除了怪我生病而竟不死以外,我想就只有一个说法:怪我生病,不能和徐懋庸这类恶劣的倾向来搏斗。

其次,是我和胡风,巴金,黄源诸人的关系。我和他们,是新近才认识的,都由于文学工作上的关系,虽然还不能称为至交,但已可以说是朋友。不能提出真凭实据,而任意诬我的朋友为"内奸",为"卑劣"者,我是要加以辩正的,这不仅是我的交友的道义,也是看人看事的结果。徐懋庸说我只看人,不看事,是诬枉的,我就先看了一些事,然后看见了徐懋庸之类的人。胡风我先前并不熟识,去年的有一天,一位名人①约我谈话了,到得那里,却见驶来了一辆汽车,从中跳出四条汉子:田汉,周起应,还有另两个,一律洋服,态度轩昂,说是特来通知我:胡风乃是内奸,官方派来的。我问凭据,则说是得自转向以后的穆木天口中。转向者的言谈,到左联就奉为圣旨,这真使我口呆目瞪。再经几度问答之后,我的回答是:证据薄弱之极,我不相信!当时自然不欢而散,但后来也不再听人说胡风是"内奸"了。然而奇怪,此后的小报,每当攻击胡风时,便往往不免拉上我,或由我而涉及胡风。最近的则如《现实文学》发表了 O. V. 笔录的我的主张以

---

① 名人:夏衍(1900—1995),中国作家、文艺评论家、翻译家。

后,《社会日报》就说 O. V. 是胡风,笔录也和我的本意不合,稍远的则如周文向傅东华抗议删改他的小说时,同报也说背后是我和胡风。最阴险的则是同报在去年冬或今年春罢,登过一则花边的重要新闻:说我就要投降南京,从中出力的是胡风,或快或慢,要看他的办法。我又看自己以外的事:有一个青年,不是被指为"内奸",因而所有朋友都和他隔离,终于在街上流浪,无处可归,遂被捕去,受了毒刑的么?又有一个青年,也同样的被诬为"内奸",然而不是因为参加了英勇的战斗,现在坐在苏州狱中,死活不知么?这两个青年就是事实证明了他们既没有像穆木天等似的做过堂皇的悔过的文章,也没有像田汉似的在南京大演其戏。同时,我也看人:即使胡风不可信,但对我自己这人,我自己总还可以相信的,我就并没有经胡风向南京讲条件的事。因此,我倒明白了胡风鲠直,易于招怨,是可接近的,而对于周起应之类,轻易诬人的青年,反而怀疑以至憎恶起来了。自然,周起应也许别有他的优点。也许后来不复如此,仍将成为一个真的革命者;胡风也自有他的缺点,神经质,繁琐,以及在理论上的有些拘泥的倾向,文字的不肯大众化,但他明明是有为的青年,他没有参加过任何反对抗日运动或反对过统一战线,这是纵使徐懋庸之流用尽心机,也无法抹杀的。

至于黄源,我以为是一个向上的认真的译述者,有《译文》这切实的杂志和别的几种译书为证。巴金是一个有热情的有进步思想的作家,在屈指可数的好作家之列的作家,他固然有"安那其主义者"之称，但他并没有反对我们的运动，还曾经列名于文艺工作者联名的战斗的宣言。黄源也签了名的。这样的译者和作家要来参加抗日的统一战线，我们是欢迎的，我真不懂徐懋庸等类为什么要说他们是"卑劣"？难道因为有《译文》存在碍眼？难道连西班牙的"安那其"的破坏革命，也要巴金负责？

还有，在中国近来已经视为平常，而其实不但"助长"，却正是"恶劣的倾向"的，是无凭无据，却加给对方一个很坏的恶名。例如徐懋庸的说胡风的"诈"，黄源的"谄"，就都是。田汉周起应们说胡风是"内奸"，终于不是，是因为他们发昏；并非胡风诈作"内奸"，其实不是，致使他们成为说谎。《社会日报》说胡风拉我转向，而至今不转，是撰稿者有意的诬陷；并非胡风诈作拉我，其实不拉，以致记者变了造谣。胡风并不"左得可爱"，但我以为他的私敌，却实在是"左得可怕"的。黄源未尝作文捧我，也没有给我做过传，不过专办着一种月刊，颇为尽责，舆论倒还不坏，怎么便是"谄"，怎么便是对于我的"效忠致敬"？难道《译文》是我的私产吗？黄源"奔走于傅郑门下之时，一副谄佞之相"，徐懋庸大概是奉谕知道的了，但我不知道，也没有见过，至于他和我的往还，却不见有"谄佞之相"，而徐懋庸也没有一次同在，我不知道他凭着什么，来断定和谄佞于傅郑门下者"无异"？当这时会，我也就是证人，而并未实见的徐懋庸，对于本身在场的我，竟可以如此信口胡说，含血喷人，这真可谓横暴恣肆，达于极点了。莫非这是"了解"了"现在的基本的政策"之故吗？"和全世界都一样"的吗？那么，可真要吓死人！

其实"现在的基本政策"是决不会这样的好像天罗地网的。不是只要"抗日"，就是战友吗？"诈"何妨，"谄"又何妨？又何必定要剿灭胡风的文字，打倒黄源的《译文》呢，莫非这里面都是"二十一条"和"文化侵略"吗？首先应该扫荡的，倒是拉大旗作为虎皮，包着自己，去吓呼别人；小不如意，就倚势（！）定人罪名，而且重得可怕的横暴者。自然，战线是会成立的，不过这吓成的战线，作不得战。先前已有这样的前车，而覆车之鬼，至死不悟，现在在我面前，就附着徐懋庸的肉身而出现了。

在左联结成的前后，有些所谓革命作家，其实是破落户的漂零子弟。他也有不平，有反抗，有战斗，而往往不过是将败落家族的妇姑勃谿，叔嫂斗法的手段，移到文坛上。喊喊嚓嚓，招是生非，搬弄口舌，决不在大处着眼。这衣钵流传不绝。例如我和茅盾，郭沫若两位，或相识，或未尝一面，或未冲突，或曾用笔墨相讥，但大战斗却都为着同一的目标，决不日夜记着个人的恩怨。然而小报却偏喜欢记些鲁比茅如何，郭对鲁又怎样，好像我们只在争座位，斗法宝。就是《死魂灵》，当《译文》停刊后，《世界文库》上也登完第一部的，但小报却说"郑振铎腰斩《死魂灵》"，或鲁迅一怒中止了翻译。这其实正是恶劣的倾向，用谣言来分散文艺界的力量，近于"内奸"的行为的。然而也正是破落文学家最末的道路。

我看徐懋庸也正是一个喊喊嚓嚓的作者,和小报是有关系了,但还没有坠入最末的道路。不过也已经胡涂得可观。(否则,便是骄横了。)例如他信里说:"对于他们的言行,打击本极易,但徒以有先生作他们的盾牌,……所以在实际解决和文字斗争上都感到绝大的困难。"是从修身上来打击胡风的诈,黄源的谄,还是从作文上来打击胡风的论文,黄源的《译文》呢?——这我倒并不急于知道;我所要问的是为什么我认识他们,"打击"就"感到绝大的困难"?对于造谣生事,我固然决不肯附和,但若徐懋庸们义正词严,我能替他们一手掩尽天下耳目的吗?而且什么是"实际解决"?是充军,还是杀头呢?在"统一战线"这大题目之下,是就可以这样锻炼人罪,戏弄威权的?我真要祝祷"国防文学"有大作品,倘不然,也许又是我近半年来,"助长着恶劣的倾向"的罪恶了。

临末,徐懋庸还叫我细细读《斯太林传》。是的,我将细细的读,倘能生存,我当然仍要学习;但我临末也请他自己再细细的去读几遍,因为他翻译时似乎毫无所得,实有从新细读的必要。否则,抓到一面旗帜,就自以为出人头地,摆出奴隶总管的架子,以鸣鞭为唯一的业绩——是无药可医,于中国也不但毫无用处,而且还有害处的。

八月三——六日。

周海婴①

海婴,我毫不佩服其鼻梁之高,只希望他肯多睡一点,就好。他初生时,因母乳不够,是很瘦的,到将要两月,用母乳一次,牛乳加米汤一次,间隔喂之(两回之间,距三小时,夜间则只吃母乳),这才胖起来。米之于小孩,确似很好的,但粥汤似比米糊好,因其少有渣滓也。(300222 致章廷谦)

孩子生于前年九月间,今已一岁半,男也,以其为生于上海之婴孩,故名之曰海婴。我不信人死而魂存,亦无求于后嗣,虽无子女,素不介怀。后顾无忧,反以为快。今则多此一累,与几只书箱,同觉笨重,每当迁徙之际,大加擘画之劳。但既已生之,必须育之,尚何言哉。(310306 致李秉中)

海婴疹子见点之前一天,尚在街上吹了半天风,但次日却发得很好,移至旅馆,又值下雪而大冷,亦并无妨碍,至十八夜,热已退净,遂一同回寓。现在胃口很好,人亦活泼,而更加顽皮,因无别个孩子同玩,所以只在大人身边吵嚷,令男不能安静。所说之话亦更多,大抵为绍兴话,且喜吃咸,如

---

① 此篇为编者根据鲁迅信件及文章整理而成。

霉豆腐，盐菜之类。现已大抵吃饭及粥，牛乳只吃两回矣。（320320 致母亲）

家中都健康，只海婴患了阿米巴赤痢，注射了十四次，现在好了，又在淘气。（320628 致增田涉）

他很喜欢玩耍，日前给他买了一套孩子玩的木匠家生，所以现在天天在敲钉，不过不久就要玩厌的。近来也常常领他到公园去，因为在家里也实在闹得令人心烦。（320702 致母亲）

海婴很好，脸已晒黑，身体亦较去年强健，且近来似较为听话，不甚无理取闹，当因年纪渐大之故，惟每晚必须听故事，讲狗熊如何生活，萝卜如何长大等等，颇为费去不少工夫耳。（331112 致母亲）

海婴早已复元，医生在给他吃一种丸药，每日二粒，云是补剂，近日胃口极开，而终不见胖，大约如此年龄，终日玩皮，不肯安静，是未必能胖的了。医生又谓在今年夏天，须令常晒太阳，将皮肤晒黑，但此事须在海边或野外，沪寓则殊不便，只得临时再想方法耳。（340413 致母亲）

海婴这几天不到外面去闹事了，他又到公园和乡下去。而且日见其长，但不胖，议论极多，在家时简直说个不歇。……至于学校，则今年拟不给他去，因为四近实无好小学，有些是骗钱的，教员虽然打扮得很时髦，却无学问；有些是教会开的，常要讲教，更为讨厌。海婴虽说是六岁，但须到本年九月底，才是十足五岁，所以不如暂且任他玩着，待到足

六岁时再看罢。（340613 致母亲）

海婴因大起来，心思渐野，在外面玩的时候多，只在肚饥之时，才回家里，在家里亦从不静坐，连看看也吃力的。前天给他照了一张相，大约八月初头可晒好，那时当寄上。他又要写信给母亲，令广平照钞，今亦附上，内有几句上海话，已在旁边注明。（340730 致母亲）

海婴的痢疾，长久不发，看来是断根了；不过容易伤风，但也是小毛病，数日即愈。今年大热，孩子大抵生病或生疮，他却只伤风了一回，此外都很好，所以，他是没有什么病的。

但他大约总不会胖起来。他每天约七点钟起身，不肯睡午觉，直至夜八点钟，就没有静一静的时候。要吃东西，要买玩具，闹个不休。客来他要陪（其实是来吃东西的），小事也要管，怎么还会胖呢。他只怕男一个人，不过在楼下闹，也仍使男不能安心看书，真是没有法子想。（340821 致母亲）

海婴近来较为听话，今日为他出世五周年之生日，但作少许小菜，大家吃了一餐，算是庆祝，并不请客也。（340927 致母亲）

海婴渐大，懂得道理了，所以有些事情已经可以讲通，比先前好办，良心也还好，好客，不小气，只是有时要欺侮人，尤其是他自己的母亲，对男却较为客气。（341020 致母亲）及至我也跟着一道说他，他反倒觉得奇怪："为什么爸爸这样支持妈妈呢？"（340723 致山本初枝）

现身体亦好，因为将届冬天，所以遵医生的话，在吃鱼

肝油了。(341030 致母亲)

从一月以前起,每餐后就给他吃一点,腥气得很,而他居然也能吃。现在胖了,抱起来,重得像一块石头,我们现在才知道鱼肝油有这样的力量,但麦精鱼肝油及男在北平时所吃的那一种,却似乎没有这么有力。他现在整天的玩,从早上到睡觉,没有休息,但比以前听话。(341206 致母亲)

他的身材好像比较的高大,昨天量了一量,足有三尺了,而且是上海旧尺,倘是北京尺,就有三尺三寸。不知道底细的人,都猜他是七岁。(341118 致母亲)

海婴要写信给母亲,由广平写出,今寄上。话是他嘴里讲的,夹着一点上海话,已由男在字旁译注,可以懂了。他现在胖得圆圆的,比先前听话,这几天最得意的有三件事,一是亦能陪客(其实是来捣乱),二是自来水龙头要修的时候,他认识工人的住处,能去叫来,三是刻了一块印章。在信后面说的就是。但字却不大愿意认,说是每天认字,也不确的。(341216 致母亲)

他去年还问:"爸爸可以吃么?"我的答复是:"吃也可以吃,不过还是不吃罢。"今年就不再问,大约决定不吃了。(341220 致萧军、萧红)

他现在颇听话,每天也有时教他认几个字,但脾气颇大,受软不受硬,所以骂是不大有用的。我们也不大去骂他,不过缠绕起来的时候,却真使人烦厌。(350104 致母亲)

虽然能不能养大也很难说,然而目下总算已经颇能说些话，发表他自己的意见了。不过不会说还好，一会说，就使我觉得他仿佛也是我的敌人。

他有时对于我很不满，有一回，当面对我说："我做起爸爸来，还要好……"甚而至于颇近于"反动"，曾经给我一个严厉的批评道："这种爸爸，什么爸爸！？"（《且介亭杂文·从孩子的照相说起》）

过了一年，孩子大了一岁，但我也大了一岁，这么下去，恐怕我就要打不过他，革命也就要临头了。这真是叫作怎么好。（350104 致萧军、萧红）

海婴……是个怎么也不肯学习的懒汉，不读书，总爱模仿士兵。我以为让他看看残酷的战争影片，可以吓他一下，多少会安静下来，不料上星期带他看了以后，闹得更起劲了。真使我哑口无言，希特拉有这么多党徒，盖亦不足怪矣。（350206 致增田涉）

海婴的顽皮颇有进步，最近看了电影，就想上非洲去，旅费已经积蓄了两角来钱。（350227 致增田涉）

这回孩子给沸水烫伤，其实倒是太阔气了的缘故，并非没有人管，是有人而不管他。寓里原有一个管领他的老妈子，她这几天因为要去求神拜佛，访友探亲，便找了一个替工。那天是她们俩都在的，不过她以为有替工在，替工以为有她在，就两个都不管，任凭孩子奔进厨房去捣乱，弄伤了脚。孩子也太淘气，一不留意，他就乱钻，跑得很快，人家有时也实在追不上。痛一下子也好，我实在看得麻烦极了，痛的经验是应该有一点的，但我立刻给敷了药，恐怕也不怎么痛，现在肿已退，再有十天总可以走得路，只要好后没有疤痕，我的责任算是尽了。

这孩子也不受委屈，虽然还没有发明"屁股温冰法"（上海也无冰可温），但不肯吃饭之类的消极抵抗法，却已经有了的。这时我也往往只好对他说几句好话，以息事宁人。我对别人就从来没有这样屈服过。如果我对父母能够这样，那就是一个孝子，可上"二十五孝"的了。（350319 致萧军）

他大了起来，越加捣乱，出去，就惹祸，我已经受了三家邻居的警告，——但自然，这邻居也是擅长警告的邻居。但在家里，却又闹得我静不下，我希望他快过二十岁，同爱人一起跑掉，那就好了。（350607 致萧军）

他每到夏天，大抵壮健的，虽然终日遍身流汗，仍然嬉戏不停。现每日上午，令裸体晒太阳约一点钟，余则任其自由玩耍。近来想买脚踏车，未曾买给；不肯认字，今秋或当令入学校，亦未可知，至九月底即满六岁，在家颇吵闹也。（350717 致母亲）

从二十日起，已将他送进幼稚园去，地址很近，每日关他半天，使家中可以清静一点而已。直到现在，他每天都很愿意去，还未赖学也。（350831 致母亲）

孩子从上月送进幼稚园，已学到铜板是可以买零食的知识了。（351025 致增田涉）在幼稚园，认识几个字，说"婴"字下面有"女"字，要换过了。（351029 致萧军）

他比夏天胖了一点，虽然还要算瘦，却很长，刚满六岁，别人都猜他是八九岁，他是细长的手和脚，像他母亲的。今年总在吃鱼肝油，没有间断过。

他什么事情都想模仿我，用我来做比，只有衣服不肯学我的随便，爱漂亮，要穿洋服了。（351115 致母亲）

海婴……已认得一百多字，虽更加懂事，但也刁钻古怪起来了。男的朋友，常常送他玩具，比起我们的孩子时代来，真是阔气得多，但因此他也不大爱惜，常将玩具拆破了。（351221 致母亲）

海婴是够活泼的了，他在家里每天总要闯一两场祸，阴历年底，幼稚园要放两礼拜假，家里的人都在发愁。但有时是肯听话，也讲道理的，所以近一年来，不但不挨打，也不大挨骂了。他只怕男一个人，但又说，男打起来，声音虽然响，却不痛的。（360108 致母亲）

海婴已放假，在家里玩，这一两天，还不算大闹。但他考了一个第一，好像小孩子也要摆阔，竟说来说去，附上一笺，上半是他自己写的，也说着这件事，今附上。他大约已认识了二百字，曾对男说，你如果字写不出来了，只要问我就是。（360121 致母亲）

海婴学校仍未换，因为邻近也没有较好的学校。但他身体很好，很长，在同学中，要高出一个头。也比先前听话，懂得道理了。先前有男的朋友送他一辆三轮脚踏车，早已骑破，现在正在闹着要买两轮的，大约春假一到，又非报效他十多块

钱不可了。(360401致母亲)

海婴很好,每日上学,不大赖学了,但新添了一样花头,是礼拜天要看电影;冬天胖了一下,近来又瘦长起来了。大约孩子是春天长起来,长的时候,就要瘦的。(360507致母亲)

海婴已以第一名在幼稚园毕业,其实亦不过"山中无好汉猢狲称霸王"而已。(360706致母亲)

海婴仍在原地方读书,夏天头上生了几个小疮,现在好了,前天玻璃割破了手,鲜血淋漓,今天又好了。他同玛利很要好,因为他一向是喜欢客人,爱热闹的,平常也时时口出怨言,说没有兄弟姊妹,只生他一个,冷静得很。见了玛利,他很高兴,但被他粘缠起来的时候,我看实在也讨厌之至。(360922致母亲)

孩子长大,倘无才能,可寻点小事情过活,万不可去做空头文学家或美术家。(《且介亭杂文末编·死》)

阿　金[①]

近几时我最讨厌阿金。

她是一个女仆,上海叫娘姨,外国人叫阿妈,她的主人也正是外国人。

她有许多女朋友,天一晚,就陆续到她窗下来,"阿金,阿金!"的大声的叫,这样的一直到半夜。她又好像颇有几个姘头;她曾在后门口宣布她的主张:弗轧姘头,到上海来做啥呢?……

不过这和我不相干。不幸的是她的主人家的后门,斜对着我的前门,所以"阿金,阿金!"的叫起来,我总受些影响,有时是文章做不下去了,有时竟会在稿子上写一个"金"字。更不幸的是我的进出,必须从她家的晒台下走过,而她大约是不喜欢走楼梯的,竹竿,木板,还有别的什么,常常从晒台上直摔下来,使我走过的时候,必须十分小心,先看一看这位阿金可在晒台上面,倘在,就得绕远些。自然,这是大半为了我的胆子小,看得自己的性命太值钱;但我们也得想一想她

[①] 选自《且介亭杂文》。

的主子是外国人，被打得头破血出，固然不成问题，即使死了，开同乡会，打电报也都没有用的，——况且我想，我也未必能够弄到开起同乡会。

半夜以后，是别一种世界，还剩着白天脾气是不行的。有一夜，已经三点半钟了，我在译一篇东西，还没有睡觉。忽然听得路上有人低声的在叫谁，虽然听不清楚，却并不是叫阿金，当然也不是叫我。我想：这么迟了，还有谁来叫谁呢？同时也站起来，推开楼窗去看去了，却看见一个男人，望着阿金的绣阁的窗，站着。他没有看见我。我自悔我的莽撞，正想关窗退回的时候，斜对面的小窗开处，已经现出阿金的上半身来，并且立刻看见了我，向那男人说了一句不知道什么话，用手向我一指，又一挥，那男人便开大步跑掉了。我很不舒服，好像是自己做了甚么错事似的，书译不下去了，心里想：以后总要少管闲事，要炼到泰山崩于前而色不变，炸弹落于侧而身不移！……

但在阿金，却似乎毫不受什么影响，因为她仍然嘻嘻哈哈。不过这是晚快边才得到的结论，所以我真是负疚了小半夜和一整天。这时我很感谢阿金的大度，但同时又讨厌了她的大声会议，嘻嘻哈哈了。自有阿金以来，四围的空气也变得扰动了，她就有这么大的力量。这种扰动，我的警告是毫无效验的，她们连看也不对我看一看。有一回，邻近的洋人说了几句洋话，她们也不理；但那洋人就奔出来了，用脚向各人乱踢，她们这才逃散，会议也收了场。这踢的效力，大约保存了五六夜。

此后是照常的嚷嚷；而且扰动又廓张了开去，阿金和马路对面一家烟纸店里的老女人开始奋斗了，还有男人相帮。她的声音原是响亮的，这回就更加响亮，我觉得一定可以使二十间门面以外的人们听见。不一会，就聚集了一大批人。论战的将近结束的时候当然要提到"偷汉"之类，那老女人的话我没有听清楚，阿金的答复是：

"你这老 × 没有人要！我可有人要呀！"

这恐怕是实情，看客似乎大抵对她表同情，"没有人要"的老 × 战败了。这时踱来了一位洋巡捕，反背着两手，看了一会，就来把看客们赶开；阿金赶紧迎上去，对他讲了一连串的洋话。洋巡捕注意的听完之后，微笑的说道：

"我看你也不弱呀！"

他并不去捉老 ×，又反背着手，慢慢的踱过去了。这一场巷战就算这样的结束。但是，人间世的纠纷又并不能解决得这么干脆，那老 × 大约是也有一点势力的。第二天早晨，那离阿金家不远的也是外国人家的西崽忽然向阿金家逃来。后面追着三个彪形大汉。西崽的小衫已被撕破，大约他被他们诱出外面，又给人堵住后门，退不回去，所以只好逃到他爱人这里来了。爱人的肘腋之下，原是可以安身立命的，伊孛生（H. Ibsen）戏剧里的彼尔·干德，就是失败之后，终于躲在爱人的裙边，听唱催眠歌的大人物。但我看阿金似乎比不上瑙威女子，她无情，也没有魄力。独有感觉是灵的，那男人刚要跑到的时候，她已经赶紧把后门关上了。那男人于是进了绝路，只得站住。这好像也颇出于彪形大汉们的意料之外，显得有些踌蹰；但终于一同举起拳头，两个是在他背脊和胸脯上一共给了三拳，仿佛也并不怎么重，一个在他脸上打了一拳，却使它立刻红起来。这一场巷战很神速，又在早晨，所以观战者也不多，胜败两军，各自走散，世界又从此暂时和平了。然而我仍然不放心，因为我曾经听人说过：所谓"和平"，不过是两次战争之间的时日。

但是，过了几天，阿金就不再看见了，我猜想是被她自己的主人所回复。补了她的缺的是一个胖胖的，脸上很有些福相和雅气的娘姨，已经二十多天，还很安静，只叫了卖唱的两个穷人唱过一回"奇葛隆冬强"的《十八摸》之类，那是她用"自食其力"的余闲，享点清福，谁也没有话说的。只可惜那时又招集了一群男男女女，连阿金的爱人也在内，保不定什么时候又会发生巷战。但我却也叨光听到了男嗓子的上低音（barytone）的歌声，觉得很自然，比绞死猫儿似的《毛毛雨》要好得天差地远。

阿金的相貌是极其平凡的。所谓平凡，就是很普通，很难记住，不到一个月，我就说不出她究竟是怎么一副模样来了。但是我还讨厌她，想到"阿金"这两个字就讨厌；在邻近闹嚷一下当然不会成这么深仇重怨，我的讨厌她是因为不消几日，她就摇动了我三十年来的信念和主张。

我一向不相信昭君出塞会安汉，木兰从军就可以保隋；也不信妲己亡殷，西施沼吴，杨妃乱唐的那些古老话。我以为在男权社会里，女人是决不会有这种大力量的，兴亡的责任，都应该男的负。但向来的男性的作者，大抵将败亡的大罪，推在女性身上，这真是一钱不值的没有出息的男人。殊不料现在阿金却以一个貌不出众，才不惊人的娘姨，不用一个月，就在我眼前搅乱了四分之一里，假使她是一个女王，或者是皇后，皇太后，那么，其影响也就可以推见了：足够闹出大大的乱子来。

昔者孔子"五十而知天命"，我却为了区区一个阿金，连对于人事也从新疑惑起来了，虽然圣人和凡人不能相比，但也可见阿金的伟力，和我的满不行。我不想将我的文章的退步，归罪于阿金的嚷嚷，而且以上的一通议论，也很近于迁怒，但是，近几时我最讨厌阿金，仿佛她塞住了我的一条路，却是的确的。

愿阿金也不能算是中国女性的标本。

十二月二十一日。

中编

上海的少女[①]

在上海生活，穿时髦衣服的比土气的便宜。如果一身旧衣服，公共电车的车掌会不照你的话停车，公园看守会格外认真的检查入门券，大宅子或大客寓的门丁会不许你走正门。所以，有些人宁可居斗室，喂臭虫，一条洋服裤子却每晚必须压在枕头下，使两面裤腿上的折痕天天有棱角。

然而更便宜的是时髦的女人。这在商店里最看得出：挑选不完，决断不下，店员也还是很能忍耐的。不过时间太长，就须有一种必要的条件，是带着一点风骚，能受几句调笑。否则，也会终于引出普通的白眼来。

惯在上海生活了的女性，早已分明地自觉着这种自己所具的光荣，同时也明白着这种光荣中所含的危险。所以凡有时髦女子所表现的神气，是在招摇，也在固守，在罗致，也在抵御，像一切异性的亲人，也像一切异性的敌人，她在喜欢，也

[①] 选自《南腔北调集》。

正在恼怒。这神气也传染了未成年的少女，我们有时会看见她们在店铺里购买东西，侧着头，佯嗔薄怒，如临大敌。自然，店员们是能像对于成年的女性一样，加以调笑的，而她也早明白着这调笑的意义。总之：她们大抵早熟了。

然而我们在日报上，确也常常看见诱拐女孩，甚而至于凌辱少女的新闻。

不但是《西游记》里的魔王，吃人的时候必须童男和童女而已，在人类中的富户豪家，也一向以童女为侍奉，纵欲，鸣高，寻仙，采补的材料，恰如食品的餍足了普通的肥甘，就想乳猪芽茶一样。现在这现象并且已经见于商人和工人里面了，但这乃是人们的生活不能顺遂的结果，应该以饥民的掘食草根树皮为比例，和富户豪家的纵恣的变态是不可同日而语的。

但是，要而言之，中国是连少女也进了险境了。

这险境，更使她们早熟起来，精神已是成人，肢体却还是孩子。俄国的作家梭罗古勃曾经写过这一种类型的少女，说是还是小孩子，而眼睛却已经长大了。然而我们中国的作家是另有一种称赞的写法的：所谓"娇小玲珑"者就是。

八月十二日。

上海的儿童①

上海越界筑路的北四川路一带,因为打仗,去年冷落了大半年,今年依然热闹了,店铺从法租界搬回,电影院早经开始,公园左近也常见携手同行的爱侣,这是去年夏天所没有的。

倘若走进住家的弄堂里去,就看见便溺器,吃食担,苍蝇成群的在飞,孩子成队的在闹,有剧烈的捣乱,有发达的骂詈,真是一个乱烘烘的小世界。但一到大路上,映进眼帘来的却只是轩昂活泼地玩着走着的外国孩子,中国的儿童几乎看不见了。但也并非没有,只因为衣裤郎当,精神萎靡,被别人压得像影子一样,不能醒目了。

中国中流的家庭,教孩子大抵只有两种法。其一,是任其跋扈,一点也不管,骂人固可,打人亦无不可,在门内或门前是暴主,是霸王,但到外面,便如失了网的蜘蛛一般,立刻毫无能力。其二,是终日给以冷遇或呵斥,甚而至于打扑,使他畏葸退缩,仿佛一个奴才,一个傀儡,然而父母却美其名曰

---

① 选自《南腔北调集》。

"听话",自以为是教育的成功,待到放他到外面来,则如暂出樊笼的小禽,他决不会飞鸣,也不会跳跃。

现在总算中国也有印给儿童看的画本了,其中的主角自然是儿童,然而画中人物,大抵倘不是带着横暴冥顽的气味,甚而至于流氓模样的,过度的恶作剧的顽童,就是钩头耸背,低眉顺眼,一副死板板的脸相的所谓"好孩子"。这虽然由于画家本领的欠缺,但也是取儿童为范本的,而从此又以作供给儿童仿效的范本。我们试一看别国的儿童画罢,英国沉着,德国粗豪,俄国雄厚,法国漂亮,日本聪明,都没有一点中国似的衰惫的气象。观民风是不但可以由诗文,也可以由图画,而且可以由不为人们所重的儿童画的。

顽劣,钝滞,都足以使人没落,灭亡。童年的情形,便是将来的命运。我们的新人物,讲恋爱,讲小家庭,讲自立,讲享乐了,但很少有人为儿女提出家庭教育的问题,学校教育的问题,社会改革的问题。先前的人,只知道"为儿孙作马牛",固然是错误的,但只顾现在,不想将来,"任儿孙作马牛",却不能不说是一个更大的错误。

八月十二日。

北人与南人①

这是看了"京派"与"海派"的议论之后，牵连想到的——

北人的卑视南人，已经是一种传统。这也并非因为风俗习惯的不同，我想，那大原因，是在历来的侵入者多从北方来，先征服中国之北部，又携了北人南征，所以南人在北人的眼中，也是被征服者。

二陆②入晋，北方人士在欢欣之中，分明带着轻薄，举证太烦，姑且不谈罢。容易看的是，羊衒之的《洛阳伽蓝记》中，就常诋南人，并不视为同类。至于元，则人民截然分为四等，一蒙古人，二色目人，三汉人即北人，第四等才是南人，因为他是最后投降的一伙。最后投降，从这边说，是矢尽援绝，这才罢战的南方之强，从那边说，却是不识顺逆，久梗王师的贼。孑遗自然还是投降的，然而为奴隶的资格因此就最浅，因为浅，所以班次就最下，谁都不妨加以卑视了。到清朝，又重理了这一篇账，至今还流衍着余波；如果此后的历史

---

① 选自《花边文学》。
② 二陆：陆机（261—303）、陆云（262—303）。二人均是西晋文学家。

是不再回旋的,那真不独是南人的如天之福。

当然,南人是有缺点的。权贵南迁,就带了腐败颓废的风气来,北方倒反而干净。性情也不同,有缺点,也有特长,正如北人的兼具二者一样。据我所见,北人的优点是厚重,南人的优点是机灵。但厚重之弊也愚,机灵之弊也狡,所以某先生①曾经指出缺点道:北方人是"饱食终日,无所用心";南方人是"群居终日,言不及义"。就有闲阶级而言,我以为大体是的确的。

缺点可以改正,优点可以相师。相书上有一条说,北人南相,南人北相者贵。我看这并不是妄语。北人南相者,是厚重而又机灵,南人北相者,不消说是机灵而又能厚重。昔人之所谓"贵",不过是当时的成功,在现在,那就是做成有益的事业了。这是中国人的一种小小的自新之路。

不过做文章的是南人多,北方却受了影响。北京的报纸上,油嘴滑舌,吞吞吐吐,顾影自怜的文字不是比六七年前多了吗?这倘和北方固有的"贫嘴"一结婚,产生出来的一定是一种不祥的新劣种!

一月三十日。

---

① 某先生:顾炎武(1613—1682),明末清初学者。

论俗人应避雅人[1]

这是看了些杂志,偶然想到的——

浊世少见"雅人",少有"韵事"。但是,没有浊到彻底的时候,雅人却也并非全没有,不过因为"伤雅"的人们多,也累得他们"雅"不彻底了。

道学先生是躬行"仁恕"的,但遇见不仁不恕的人们,他就也不能仁恕。所以朱子是大贤,而做官的时候,不能不给无告的官妓吃板子。新月社的作家们是最憎恶骂人的,但遇见骂人的人,就害得他们不能不骂。林语堂先生是佩服"费厄泼赖"的,但在杭州赏菊,遇见"口里含一枝苏俄香烟,手里夹一本什么斯基的译本"的青年,他就不能不"假作无精打彩,愁眉不展,忧国忧家"(详见《论语》五十五期)的样子,面目全非了。

优良的人物,有时候是要靠别种人来比较,衬托的,例如上等与下等,好与坏,雅与俗,小器与大度之类。没有别人,即无以显出这一面之优,所谓"相反而实相成"者,就是

---

[1] 选自《且介亭杂文》。

这。但又须别人凑趣，至少是知趣，即使不能帮闲，也至少不可说破，逼得好人们再也好不下去。例如曹孟德是"尚通侻"的，但祢正平天天上门来骂他，他也只好生起气来，送给黄祖去"借刀杀人"了。祢正平真是"咎由自取"。

所谓"雅人"，原不是一天雅到晚的，即使睡的是珠罗帐，吃的是香稻米，但那根本的睡觉和吃饭，和俗人究竟也没有什么大不同；就是肚子里盘算些挣钱固位之法，自然也不能绝无其事。但他的出众之处，是在有时又忽然能够"雅"。倘使揭穿了这谜底，便是所谓"杀风景"，也就是俗人，而且带累了雅人，使他雅不下去，"未能免俗"了。若无此辈，何至于此呢？所以错处总归在俗人这方面。

譬如罢，有两位知县在这里，他们自然都是整天的办公事，审案子的，但如果其中之一，能够偶然的去看梅花，那就要算是一位雅官，应该加以恭维，天地之间这才会有雅人，会有韵事。如果你不恭维，还可以；一皱眉，就俗；敢开玩笑，那就把好事情都搅坏了。然而世间也偏有狂夫俗子；记得在一部中国的什么古"幽默"书里，有一首"轻薄子"咏知县老爷公余探梅的七绝——

> 红帽哼兮黑帽呵，风流太守看梅花。
> 梅花低首开言道：小底梅花接老爷。

这真是恶作剧，将韵事闹得一塌胡涂。而且他替梅花所说的话，也不合式，它这时应该一声不响的，一说，就"伤雅",会累得"老爷"不便再雅,只好立刻还俗,赏吃板子,至少是给一种什么罪案的。为什么呢?就因为你俗,再不能以雅道相处了。

小心谨慎的人,偶然遇见仁人君子或雅人学者时,倘不会帮闲凑趣,就须远远避开,愈远愈妙。假如不然,即不免要碰着和他们口头大不相同的脸孔和手段。晦气的时候,还会弄到卢布学说的老套,大吃其亏。只给你"口里含一枝苏俄香烟,手里夹一本什么斯基的译本",倒还不打紧,——然而险矣。

大家都知道"贤者避世",我以为现在的俗人却要避雅,这也是一种"明哲保身"。

十二月二十六日。

隐　士[1]

隐士，历来算是一个美名，但有时也当作一个笑柄。最显著的，则有刺陈眉公的"翩然一只云中鹤，飞去飞来宰相衙"的诗，至今也还有人提及。我以为这是一种误解。因为一方面，是"自视太高"，于是别方面也就"求之太高"，彼此"忘其所以"，不能"心照"，而又不能"不宣"，从此口舌也多起来了。

非隐士的心目中的隐士，是声闻不彰，息影山林的人物。但这种人物，世间是不会知道的。一到挂上隐士的招牌，则即使他并不"飞去飞来"，也一定难免有些表白，张扬；或是他的帮闲们的开锣喝道——隐士家里也会有帮闲，说起来似乎不近情理，但一到招牌可以换饭的时候，那是立刻就有帮闲的，这叫作"啃招牌边"。这一点，也颇为非隐士的人们所诟病，以为隐士身上而有油可揩，则隐士之阔绰可想了。其实这也是一种"求之太高"的误解，和硬要有名的隐士，老死山林中者相同。凡是有名的隐士，他总是已经有了"悠哉游哉，聊

---

[1] 选自《且介亭杂文二集》。

以卒岁"的幸福的。倘不然,朝砍柴,昼耕田,晚浇菜,夜织屦,又那有吸烟品茗,吟诗作文的闲暇?陶渊明先生是我们中国赫赫有名的大隐,一名"田园诗人",自然,他并不办期刊,也赶不上吃"庚款",然而他有奴子。汉晋时候的奴子,是不但侍候主人,并且给主人种地,营商的,正是生财器具。所以虽是渊明先生,也还略略有些生财之道在,要不然,他老人家不但没有酒喝,而且没有饭吃,早已在东篱旁边饿死了。

所以我们倘要看看隐君子风,实际上也只能看看这样的隐君子,真的"隐君子"是没法看到的。古今著作,足以汗牛而充栋,但我们可能找出樵夫渔父的著作来?他们的著作是砍柴和打鱼。至于那些文士诗翁,自称什么钓徒樵子的,倒大抵是悠游自得的封翁或公子,何尝捏过钓竿或斧头柄。要在他们身上赏鉴隐逸气,我敢说,这只能怪自己胡涂。

登仕,是啖饭之道,归隐,也是啖饭之道。假使无法啖饭,那就连"隐"也隐不成了。"飞去飞来",正是因为要"隐",也就是因为要啖饭;肩出"隐士"的招牌来,挂在"城市山林"里,这就正是所谓"隐",也就是啖饭之道。帮闲们或开锣,或喝道,那是因为自己还不配"隐",所以只好揩一点"隐"油,其实也还不外乎啖饭之道。汉唐以来,实际上是入仕并不算鄙,隐居也不算高,而且也不算穷,必须欲"隐"而不得,这才看作士人的末路。唐末有一位诗人左偃,自述他悲惨的境遇道:"谋隐谋官两无成",是用七个字道破了所谓"隐"的秘密的。

"谋隐"无成,才是沦落,可见"隐"总和享福有些相关,至少是不必十分挣扎谋生,颇有悠闲的余裕。但赞颂悠闲,鼓吹烟茗,却又是挣扎之一种,不过挣扎得隐藏一些。虽"隐",也仍然要咬饭,所以招牌还是要油漆,要保护的。泰山崩,黄河溢,隐士们目无见,耳无闻,但苟有议及自己们或他的一伙的,则虽千里之外,半句之微,他便耳聪目明,奋袂而起,好像事件之大,远胜于宇宙之灭亡者,也就为了这缘故。其实连和苍蝇也何尝有什么相关。

明白这一点,对于所谓"隐士"也就毫不诧异了,心照不宣,彼此都省事。

一月二十五日。

导 师[1]

近来很通行说青年；开口青年，闭口也是青年。但青年又何能一概而论？有醒着的，有睡着的，有昏着的，有躺着的，有玩着的，此外还多。但是，自然也有要前进的。

要前进的青年们大抵想寻求一个导师。然而我敢说：他们将永远寻不到。寻不到倒是运气；自知的谢不敏，自许的果真识路么？凡自以为识路者，总过了"而立"之年，灰色可掬了，老态可掬了，圆稳而已，自己却误以为识路。假如真识路，自己就早进向他的目标，何至于还在做导师。说佛法的和尚，卖仙药的道士，将来都与白骨是"一丘之貉"，人们现在却向他听生西的大法，求上升的真传，岂不可笑！

但是我并非敢将这些人一切抹杀；和他们随便谈谈，是可以的。说话的也不过能说话，弄笔的也不过能弄笔；别人如果希望他打拳，则是自己错。他如果能打拳，早已打拳了，但那时，别人大概又要希望他翻筋斗。

有些青年似乎也觉悟了，我记得《京报副刊》征求青年

---

[1] 选自《华盖集》。

必读书时，曾有一位发过牢骚，终于说：只有自己可靠！我现在还想斗胆转一句，虽然有些杀风景，就是：自己也未必可靠的。

我们都不大有记性。这也无怪，人生苦痛的事太多了，尤其是在中国。记性好的，大概都被厚重的苦痛压死了；只有记性坏的，适者生存，还能欣然活着。但我们究竟还有一点记忆，回想起来，怎样的"今是昨非"呵，怎样的"口是心非"呵，怎样的"今日之我与昨日之我战"呵。我们还没有正在饿得要死时于无人处见别人的饭，正在穷得要死时于无人处见别人的钱，正在性欲旺盛时遇见异性，而且很美的。我想，大话不宜讲得太早，否则，倘有记性，将来想到时会脸红。

或者还是知道自己之不甚可靠者，倒较为可靠罢。

青年又何须寻那挂着金字招牌的导师呢？不如寻朋友，联合起来，同向着似乎可以生存的方向走。你们所多的是生力，遇见深林，可以辟成平地的，遇见旷野，可以栽种树木的，遇见沙漠，可以开掘井泉的。问什么荆棘塞途的老路，寻什么乌烟瘴气的鸟导师！

五月十一日。

谈皇帝[1]

中国人的对付鬼神,凶恶的是奉承,如瘟神和火神之类,老实一点的就要欺侮,例如对于土地或灶君。待遇皇帝也有类似的意思。君民本是同一民族,乱世时"成则为王败则为贼",平常是一个照例做皇帝,许多个照例做平民;两者之间,思想本没有什么大差别。所以皇帝和大臣有"愚民政策",百姓们也自有其"愚君政策"。

往昔的我家,曾有一个老仆妇,告诉过我她所知道,而且相信的对付皇帝的方法。她说——

"皇帝是很可怕的。他坐在龙位上,一不高兴,就要杀人;不容易对付的。所以吃的东西也不能随便给他吃,倘是不容易办到的,他吃了又要,一时办不到;——譬如他冬天想到瓜,秋天要吃桃子,办不到,他就生气,杀人了。现在是一年到头给他吃波菜,一要就有,毫不为难。但是倘说是波菜,他又要生气的,因为这是便宜货,所以大家对他就不称为波菜,另外起一个名字,叫作'红嘴绿鹦哥'。"

---

[1] 选自《华盖集续编》。

在我的故乡，是通年有波菜的，根很红，正如鹦哥的嘴一样。

这样的连愚妇人看来，也是呆不可言的皇帝，似乎大可以不要了。然而并不，她以为要有的，而且应该听凭他作威作福。至于用处，仿佛在靠他来镇压比自己更强梁的别人，所以随便杀人，正是非备不可的要件。然而倘使自己遇到，且须侍奉呢？可又觉得有些危险了，因此只好又将他练成傻子，终年耐心地专吃着"红嘴绿鹦哥"。

其实利用了他的名位，"挟天子以令诸侯"的，和我那老仆妇的意思和方法都相同，不过一则又要他弱，一则又要他愚。儒家的靠了"圣君"来行道也就是这玩意，因为要"靠"，所以要他威重，位高；因为要便于操纵，所以又要他颇老实，听话。

皇帝一自觉自己的无上威权，这就难办了。既然"普天之下，莫非皇土"，他就胡闹起来，还说是"自我得之，自我失之，我又何恨"哩！于是圣人之徒也只好请他吃"红嘴绿鹦哥"了，这就是所谓"天"。据说天子的行事，是都应该体帖天意，不能胡闹的；而这"天意"也者，又偏只有儒者们知道着。

这样，就决定了：要做皇帝就非请教他们不可。

然而不安分的皇帝又胡闹起来了。你对他说"天"么，他却道，"我生不有命在天？！"岂但不仰体上天之意而已，还逆天，背天，"射天"，简直将国家闹完，使靠天吃饭的圣贤君子们，哭不得，也笑不得。

于是乎他们只好去著书立说，将他骂一通，豫计百年之后，即身殁之后，大行于时，自以为这就了不得。

但那些书上，至多就止记着"愚民政策"和"愚君政策"全都不成功。

二月十七日。

我谈"堕民"①

六月二十九日的《自由谈》里,唐弢先生曾经讲到浙东的堕民,并且据《堕民猥谈》之说,以为是宋将焦光瓒的部属,因为降金,为时人所不齿,至明太祖,乃榜其门曰"丐户",此后他们遂在悲苦和被人轻蔑的环境下过着日子。

我生于绍兴,堕民是幼小时候所常见的人,也从父老的口头,听到过同样的他们所以成为堕民的缘起。但后来我怀疑了。因为我想,明太祖对于元朝,尚且不肯放肆,他是决不会来管隔一朝代的降金的宋将的;况且看他们的职业,分明还有"教坊"或"乐户"的余痕,所以他们的祖先,倒是明初的反抗洪武和永乐皇帝的忠臣义士也说不定。还有一层,是好人的子孙会吃苦,卖国者的子孙却未必变成堕民的,举出最近便的例子来,则岳飞的后裔还在杭州看守岳王坟,可是过着很穷苦悲惨的生活,然而秦桧,严嵩……的后人呢?……

不过我现在并不想翻这样的陈年账。我只要说,在绍兴的堕民,是一种已经解放了的奴才,这解放就在雍正年间罢,也说不定。所以他们是已经都有别的职业的了,自然是贱业。

---

① 选自《准风月谈》。

男人们是收旧货，卖鸡毛，捉青蛙，做戏；女的则每逢过年过节，到她所认为主人的家里去道喜，有庆吊事情就帮忙，在这里还留着奴才的皮毛，但事毕便走，而且有颇多的犒赏，就可见是曾经解放过的了。

每一家堕民所走的主人家是有一定的，不能随便走；婆婆死了，就使儿媳妇去，传给后代，恰如遗产的一般；必须非常贫穷，将走动的权利卖给了别人，这才和旧主人断绝了关系。假使你无端叫她不要来了，那就是等于给与她重大的侮辱。我还记得民国革命之后，我的母亲曾对一个堕民的女人说，"以后我们都一样了，你们可以不要来了。"不料她却勃然变色，愤愤的回答道："你说的是什么话？……我们是千年万代，要走下去的！"

就是为了一点点犒赏，不但安于做奴才，而且还要做更广泛的奴才，还得出钱去买做奴才的权利，这是堕民以外的自由人所万想不到的罢。

七月三日。

名人和名言[1]

《太白》二卷七期上有一篇南山先生[2]的《保守文言的第三道策》,他举出:第一道是说"要做白话由于文言做不通",第二道是说"要白话做好,先须文言弄通"。十年之后,才来了太炎先生的第三道,"他以为你们说文言难,白话更难。理由是现在的口头语,有许多是古语,非深通小学就不知道现在口头语的某音,就是古代的某音,不知道就是古代的某字,就要写错。……"

太炎先生的话是极不错的。现在的口头语,并非一朝一夕,从天而降的语言,里面当然有许多是古语,既有古语,当然会有许多曾见于古书,如果做白话的人,要每字都到《说文解字》里去找本字,那的确比做任用借字的文言要难到不知多少倍。然而自从提倡白话以来,主张者却没有一个以为写白话的主旨,是在从"小学"里寻出本字来的,我们就用约定俗成的借字。诚然,如太炎先生说:"乍见熟人而相寒暄曰'好

---

[1] 选自《且介亭杂文二集》。
[2] 南山先生:陈望道(1890—1977),浙江义乌人。中国现代思想家、教育家、语言学家。

呀','呀'即'乎'字；应人之称曰'是唉','唉'即'也'字。"但我们即使知道了这两字，也不用"好乎"或"是也"，还是用"好呀"或"是唉"。因为白话是写给现代的人们看，并非写给商周秦汉的鬼看的，起古人于地下，看了不懂，我们也毫不畏缩。所以太炎先生的第三道策，其实是文不对题的。这缘故，是因为先生把他所专长的小学，用得范围太广了。

我们的知识很有限，谁都愿意听听名人的指点，但这时就来了一个问题：听博识家的话好，还是听专门家的话好呢？解答似乎很容易：都好。自然都好；但我由历听了两家的种种指点以后，却觉得必须有相当的警戒。因为是：博识家的话多浅，专门家的话多悖的。

博识家的话多浅，意义自明，惟专门家的话多悖的事，还得加一点申说。他们的悖，未必悖在讲述他们的专门，是悖在倚专家之名，来论他所专门以外的事。社会上崇敬名人，于是以为名人的话就是名言，却忘记了他之所以得名是那一种学问或事业。名人被崇奉所诱惑，也忘记了自己之所以得名是那一种学问或事业，渐以为一切无不胜人，无所不谈，于是乎就悖起来了。其实，专门家除了他的专长之外，许多见识是往往不及博识家或常识者的。太炎先生是革命的先觉，小学的大师，倘谈文献，讲《说文》，当然娓娓可听，但一到攻击现在的白话，便牛头不对马嘴，即其一例。还有江亢虎博士，是先前以讲社会主义出名的名人，他的社会主义到底怎么样呢，我不知道。只是今年忘其所以，谈到小学，说"'德'之古字为'悳'，从'直'从'心'，'直'即直觉之意"，却真不知道悖到那里去了，他竟连那上半并不是曲直的直字这一点都不明白。这种解释，却须听太炎先生了。

不过在社会上，大概总以为名人的话就是名言，既是名人，也就无所不通，无所不晓。所以译一本欧洲史，就请英国话说得漂亮的名人校阅，编一本经济学，又乞古文做得好的名人题签；学界的名人绍介医生，说他"术擅岐黄"，商界的名人称赞画家，说他"精研六法"。……

这也是一种现在的通病。德国的细胞病理学家维尔晓（Virchow），是医学界的泰斗，举国皆知的名人，在医学史上的位置，是极为重要的，然而他不相信进化论，他那被教徒所利用的几回讲演，据赫克尔（Haeckel）说，很给了大众不少坏影响。因为他学问很深，名甚大，于是自视甚高，以为他所不解的，此后也无人能解，又不深研进化论，便一口归功于上帝了。现在中国屡经绍介的法国昆虫学大家法布耳（Fabre），也颇有这倾向。他的著作还有两种缺点：一是嗤笑解剖学家，二是用人类道德于昆虫界。但倘无解剖，就不能有他那样精到的观察，因为观察的基础，也还是解剖学；农学者根据对于人类的利害，分昆虫为益虫和害虫，是有理可说的，但凭当时的人类的道德和法律，定昆虫为善虫或坏虫，却是多余了。有些严正的科学者，对于法布耳的有微词，实也并非无故。但倘若对这两点先加警戒，那么，他的大著作《昆虫记》十卷，读起来也还是一部很有趣，也很有益的书。

不过名人的流毒,在中国却较为利害,这还是科举的余波。那时候,儒生在私塾里揣摩高头讲章,和天下国家何涉,但一登第,真是"一举成名天下知",他可以修史,可以衡文,可以临民,可以治河;到清朝之末,更可以办学校,开煤矿,练新军,造战舰,条陈新政,出洋考察了。成绩如何呢,不待我多说。

这病根至今还没有除,一成名人,便有"满天飞"之概。我想,自此以后,我们是应该将"名人的话"和"名言"分开来的,名人的话并不都是名言;许多名言,倒出自田夫野老之口。这也就是说,我们应该分别名人之所以名,是由于那一门,而对于他的专门以外的纵谈,却加以警戒。苏州的学子是聪明的,他们请太炎先生讲国学,却不请他讲簿记学或步兵操典,——可惜人们却又不肯想得更细一点了。

我很自歉这回时时涉及了太炎先生。但"智者千虑,必有一失",这大约也无伤于先生的"日月之明"的。至于我的所说,可是我想,"愚者千虑,必有一得",盖亦"悬诸日月而不刊"之论也。

七月一日。

拿破仑与隋那[1]

我认识一个医生，忙的，但也常受病家的攻击，有一回，自解自叹道：要得称赞，最好是杀人，你把拿破仑和隋那（Edward Jenner，1749—1823）去比比看……

我想，这是真的。拿破仑的战绩，和我们什么相干呢，我们却总敬服他的英雄。甚而至于自己的祖宗做了蒙古人的奴隶，我们却还恭维成吉思；从现在的白字眼睛看来，黄人已经是劣种了，我们却还夸耀希特拉。

因为他们三个，都是杀人不眨眼的大灾星。

但我们看看自己的臂膊，大抵总有几个疤，这就是种过牛痘的痕迹，是使我们脱离了天花的危症的。自从有这种牛痘法以来，在世界上真不知救活了多少孩子，——虽然有些人大起来也还是去给英雄们做炮灰，但我们有谁记得这发明者隋那的名字呢？

---

[1] 选自《且介亭杂文》。隋那：通译为琴纳（1749—1823），英国医学家，牛痘接种的创始者，被誉为"免疫学之父"。

杀人者在毁坏世界，救人者在修补它，而炮灰资格的诸公，却总在恭维杀人者。

这看法倘不改变，我想，世界是还要毁坏，人们也还要吃苦的。

十一月六日。

陀思妥夫斯基的事[1]

——为日本三笠书房《陀思妥夫斯基全集》普及本作

到了关于陀思妥夫斯基,不能不说一两句话的时候了。说什么呢?他太伟大了,而自己却没有很细心的读过他的作品。

回想起来,在年青时候,读了伟大的文学者的作品,虽然敬服那作者,然而总不能爱的,一共有两个人。一个是但丁,那《神曲》的《炼狱》里,就有我所爱的异端在;有些鬼魂还在把很重的石头,推上峻峭的岩壁去。这是极吃力的工作,但一松手,可就立刻压烂了自己。不知怎地,自己也好像很是疲乏了。于是我就在这地方停住,没有能够走到天国去。

还有一个,就是陀思妥夫斯基。一读他二十四岁时所作的《穷人》,就已经吃惊于他那暮年似的孤寂。到后来,他竟作为罪孽深重的罪人,同时也是残酷的拷问官而出现了。他把小说中的男男女女,放在万难忍受的境遇里,来试炼它们,不但剥去了表面的洁白,拷问出藏在底下的罪恶,而且还要拷问

---

[1] 选自《且介亭杂文二集》。

出藏在那罪恶之下的真正的洁白来。而且还不肯爽利的处死,竭力要放它们活得长久。而这陀思妥夫斯基,则仿佛就在和罪人一同苦恼,和拷问官一同高兴着似的。这决不是平常人做得到的事情,总而言之,就因为伟大的缘故。但我自己,却常常想废书不观。

医学者往往用病态来解释陀思妥夫斯基的作品。这伦勃罗梭①式的说明,在现今的大多数的国度里,恐怕实在也非常便利,能得一般人们的赞许的。但是,即使他是神经病者,也是俄国专制时代的神经病者,倘若谁身受了和他相类的重压,那么,愈身受,也就会愈懂得他那夹着夸张的真实,热到发冷的热情,快要破裂的忍从,于是爱他起来的罢。

不过作为中国的读者的我,却还不能熟悉陀思妥夫斯基式的忍从——对于横逆之来的真正的忍从。在中国,没有俄国的基督。在中国,君临的是"礼",不是神。百分之百的忍从,在未嫁就死了定婚的丈夫,坚苦的一直硬活到八十岁的所谓节妇身上,也许偶然可以发见罢,但在一般的人们,却没有。忍从的形式,是有的,然而陀思妥夫斯基式的掘下去,我以为恐怕也还是虚伪。因为压迫者指为被压迫者的不德之一的这虚伪,对于同类,是恶,而对于压迫者,却是道德的。

但是,陀思妥夫斯基式的忍从,终于也并不只成了说教

---

① 伦勃罗梭:通译为龙勃罗梭(1835—1909),意大利犯罪学家、精神病学家,刑事人类学派创始人。

或抗议就完结。因为这是当不住的忍从,太伟大的忍从的缘故。人们也只好带着罪业,一直闯进但丁的天国,在这里这才大家合唱着,再来修练天人的功德了。只有中庸的人,固然并无堕入地狱的危险,但也恐怕进不了天国的罢。

十一月二十日。

萧伯纳

颂　萧[①]

萧伯纳未到中国之前,《大晚报》希望日本在华北的军事行动会因此而暂行停止,呼之曰"和平老翁"。

萧伯纳既到香港之后,各报由"路透电"译出他对青年们的谈话,题之曰"宣传共产"。

萧伯纳"语路透访员曰,君甚不像华人,萧并以中国报界中人全无一人访之为异,问曰,彼等其幼稚至于未识余乎?"(十一日路透电)

我们其实是老练的,我们很知道香港总督的德政,上海工部局的章程,要人的谁和谁是亲友,谁和谁是仇雠,谁的太太的生日是那一天,爱吃的是什么。但对于萧,——惜哉,就是作品的译本也只有三四种。

所以我们不能识他在欧洲大战以前和以后的思想,也不能深识他游历苏联以后的思想。但只就十四日香港"路透电"

[①] 选自《伪自由书》。

所传,在香港大学对学生说的"如汝在二十岁时不为赤色革命家,则在五十岁时将成不可能之僵石,汝欲在二十岁时成一赤色革命家,则汝可得在四十岁时不致落伍之机会"的话,就知道他的伟大。

但我所谓伟大的,并不在他要令人成为赤色革命家,因为我们有"特别国情",不必赤色,只要汝今天成为革命家,明天汝就失掉了性命,无从到四十岁。我所谓伟大的,是他竟替我们二十岁的青年,想到了四五十岁的时候,而且并不离开了现在。

阔人们会搬财产进外国银行,坐飞机离开中国地面,或者是想到明天的罢;"政如飘风,民如野鹿",穷人们可简直连明天也不能想了,况且也不准想,不敢想。

又何况二十年,三十年之后呢?这问题极平常,然而是伟大的。

此之所以为萧伯纳!

二月十五日。

看萧和"看萧的人们"记①

我是喜欢萧的。这并不是因为看了他的作品或传记,佩服得喜欢起来,仅仅是在什么地方见过一点警句,从什么人听

---

① 选自《南腔北调集》。

说他往往撕掉绅士们的假面,这就喜欢了他了。还有一层,是因为中国也常有模仿西洋绅士的人物的,而他们却大抵不喜欢萧。被我自己所讨厌的人们所讨厌的人,我有时会觉得他就是好人物。

现在,这萧就要到中国来,但特地搜寻着去看一看的意思倒也并没有。

十六日的午后,内山完造君将改造社的电报给我看,说是去见一见萧怎么样。我就决定说,有这样地要我去见一见,那就见一见罢。

十七日的早晨,萧该已在上海登陆了,但谁也不知道他躲着的处所。这样地过了好半天,好像到底不会看见似的。到了午后,得到蔡先生的信,说萧现就在孙夫人①的家里吃午饭,教我赶紧去。

我就跑到孙夫人的家里去。一走进客厅隔壁的一间小小的屋子里,萧就坐在圆桌的上首,和别的五个人在吃饭。因为早就在什么地方见过照相,听说是世界的名人的,所以便电光一般觉得是文豪,而其实是什么标记也没有。但是,雪白的须发,健康的血色,和气的面貌,我想,倘若作为肖像画的模范,倒是很出色的。

午餐像是吃了一半了。是素菜,又简单。白俄的新闻上,曾经猜有无数的侍者,但只有一个厨子在搬菜。

---

① 孙夫人:宋庆龄(1893—1981),广东文昌(今属海南)人,政治家。

萧吃得并不多，但也许开始的时候，已经很吃了一通了也难说。到中途，他用起筷子来了，很不顺手，总是夹不住。然而令人佩服的是他竟逐渐巧妙，终于紧紧的夹住了一块什么东西，于是得意的遍看着大家的脸，可是谁也没有看见这成功。

在吃饭时候的萧，我毫不觉得他是讽刺家。谈话也平平常常。例如说：朋友最好，可以久远的往还，父母和兄弟都不是自己自由选择的，所以非离开不可之类。

午餐一完，照了三张相。并排一站，我就觉得自己的矮小了。虽然心里想，假如再年青三十年，我得来做伸长身体的体操……。

两点光景，笔会（Pen Club）有欢迎。也趁了摩托车一同去看时，原来是在叫作"世界学院"的大洋房里。走到楼上，早有为文艺的文艺家，民族主义文学家，交际明星，伶界大王等等，大约五十个人在那里了。合起围来，向他质问各色各样的事，好像翻检《大英百科全书》似的。

萧也演说了几句：诸君也是文士，所以这玩艺儿是全都知道的。至于扮演者，则因为是实行的，所以比起自己似的只是写写的人来，还要更明白。此外还有什么可说的呢。总之，今天就如看看动物园里的动物一样，现在已经看见了，这就可以了罢。云云。

大家都哄笑了，大约又以为这是讽刺。

也还有一点梅兰芳博士和别的名人的问答，但在这里，略之。

此后是将赠品送给萧的仪式。这是由有着美男子之誉的邵洵美君拿上去的,是泥土做的戏子的脸谱的小模型,收在一个盒子里。还有一种,听说是演戏用的衣裳,但因为是用纸包好了的,所以没有见。萧很高兴的接受了。据张若谷君后来发表出来的文章,则萧还问了几句话,张君也刺了他一下,可惜萧不听见云。但是,我实在也没有听见。

有人问他菜食主义的理由。这时很有了几个来照照相的人,我想,我这烟卷的烟是不行的,便走到外面的屋子去了。

还有面会新闻记者的约束,三点光景便又回到孙夫人的家里来。早有四五十个人在等候了,但放进的却只有一半。首先是木村毅君和四五个文士,新闻记者是中国的六人,英国的一人,白俄一人,此外还有照相师三四个。

在后园的草地上,以萧为中心,记者们排成半圆阵,替代着世界的周游,开了记者的嘴脸展览会。萧又遇到了各色各样的质问,好像翻检《大英百科全书》似的。

萧似乎并不想多话。但不说,记者们是决不干休的,于是终于说起来了,说得一多,这回是记者那面的笔记的分量,就渐渐的减少了下去。

我想,萧并不是真的讽刺家,因为他就会说得那么多。

试验是大约四点半钟完结的。萧好像已经很疲倦,我就和木村君都回到内山书店里去了。

第二天的新闻,却比萧的话还要出色得远远。在同一的时候，同一的地方，听着同一的话，写了出来的记事，却是各不相同的。似乎英文的解释，也会由于听者的耳朵，而变换花样。例如，关于中国的政府罢，英字新闻的萧，说的是中国人应该挑选自己们所佩服的人，作为统治者；日本字新闻的萧，说的是中国政府有好几个；汉字新闻的萧，说的是凡是好政府，总不会得人民的欢心的。

从这一点看起来，萧就并不是讽刺家，而是一面镜。

但是，在新闻上的对于萧的评论，大体是坏的。人们是各各去听自己所喜欢的，有益的讽刺去的，而同时也给听了自己所讨厌的，有损的讽刺。于是就各各用了讽刺来讽刺道，萧不过是一个讽刺家而已。

在讽刺竞赛这一点上，我以为还是萧这一面伟大。

我对于萧，什么都没有问；萧对于我，也什么都没有问。不料木村君却要我写一篇萧的印象记。别人做的印象记，我是常看的，写得仿佛一见便窥见了那人的真心一般，我实在佩服其观察之锐敏。至于自己，却连相书也没有翻阅过，所以即使遇见了名人罢，倘要我滔滔的来说印象，可就穷矣了。

但是，因为是特地从东京到上海来要我写的，我就只得寄一点这样的东西，算是一个对付。

一九三三年二月二十三夜。

谁的矛盾[1]

萧（George Bernard Shaw）并不在周游世界，是在历览世界上新闻记者们的嘴脸，应世界上新闻记者们的口试，——然而落了第。

他不愿意受欢迎，见新闻记者，却偏要欢迎他，访问他，访问之后，却又都多少讲些俏皮话。

他躲来躲去，却偏要寻来寻去，寻到之后，大做一通文章，却偏要说他自己善于登广告。

他不高兴说话，偏要同他去说话，他不多谈，偏要拉他来多谈，谈得多了，报上又不敢照样登载了，却又怪他多说话。

他说的是真话，偏要说他是在说笑话，对他哈哈的笑，还要怪他自己倒不笑。

他说的是直话，偏要说他是讽刺，对他哈哈的笑，还要怪他自以为聪明。

他本不是讽刺家，偏要说他是讽刺家，而又看不起讽刺家，而又用了无聊的讽刺想来讽刺他一下。

他本不是百科全书，偏要当他百科全书，问长问短，问天问地，听了回答，又鸣不平，好像自己原来比他还明白。

---

[1] 选自《南腔北调集》。

他本是来玩玩的,偏要逼他讲道理,讲了几句,听的又不高兴了,说他是来"宣传赤化"了。

有的看不起他,因为他不是一个马克思主义文学者,然而倘是马克思主义文学者,看不起他的人可就不要看他了。

有的看不起他,因为他不去做工人,然而倘若做工人,就不会到上海,看不起他的人可就看不见他了。

有的又看不起他,因为他不是实行的革命者,然而倘是实行者,就会和牛兰①一同关在牢监里,看不起他的人可就不愿提他了。

他有钱,他偏讲社会主义,他偏不去做工,他偏来游历,他偏到上海,他偏讲革命,他偏谈苏联,他偏不给人们舒服……

于是乎可恶。

身子长也可恶,年纪大也可恶,须发白也可恶,不爱欢迎也可恶,逃避访问也可恶,连和夫人的感情好也可恶。

然而他走了,这一位被人们公认为"矛盾"的萧。

然而我想,还是熬一下子,姑且将这样的萧,当作现在的世界的文豪罢,唠唠叨叨,鬼鬼祟祟,是打不倒文豪的。而

---

① 牛兰:本名雅各布·马特耶维奇·鲁德尼克。1894年出生于乌克兰,1918年参加"契卡"(苏联情报组织),1927年11月被共产国际派来中国从事秘密工作,化名牛兰。1931年牛兰夫妇在上海被逮捕,之后被国民党当局关押于南京老虎桥监狱。宋庆龄、蔡元培等曾组织"牛兰夫妇营救委员会"进行营救,爱因斯坦、罗曼·罗兰、萧伯纳等国际知名人士也纷纷为之发声。1937年8月,侵华日军炮轰南京时逃出监狱,1939年回国。

且为给大家可以唠叨起见,也还是有他在着的好。

因为矛盾的萧没落时,或萧的矛盾解决时,也便是社会的矛盾解决的时候,那可不是玩意儿也。

二月十九夜。

《萧伯纳在上海》序[①]

现在的所谓"人",身体外面总得包上一点东西,绸缎,毡布,纱葛都可以。就是穷到做乞丐,至少也得有一条破裤子;就是被称为野蛮人的,小肚前后也多有了一排草叶子。要是在大庭广众之前自己脱去了,或是被人撕去了,这就叫作不成人样子。

虽然不像样,可是还有人要看,站着看的也有,跟着看的也有,绅士淑女们一齐掩住了眼睛,然而从手指缝里偷瞥几眼的也有,总之是要看看别人的赤条条,却小心着自己的整齐的衣裤。

人们的讲话,也大抵包着绸缎以至草叶子的,假如将这撕去了,人们就也爱听,也怕听。因为爱,所以围拢来,因为怕,就特地给它起了一个对于自己们可以减少力量的名目,称说这类的话的人曰"讽刺家"。

伯纳·萧一到上海,热闹得比泰戈尔还利害,不必说

[①] 选自《南腔北调集》。

毕力涅克①（Boris Pilniak）和穆杭②（Paul Morand）了，我以为原因就在此。

还有一层，是"专制使人们变成冷嘲"，但这是英国的事情，古来只能"道路以目"的人们是不敢的。不过时候也到底不同了，就要听洋讽刺家来"幽默"一回，大家哈哈一下子。

还有一层，我在这里不想提。

但先要提防自己的衣裤。于是各人的希望就不同起来了。蹩脚愿意他主张拿拐杖，癞子希望他赞成戴帽子，涂了脂粉的想他讽刺黄脸婆，民族主义文学者要靠他来压服了日本的军队。但结果如何呢？结果只要看唠叨的多，就知道不见得十分圆满了。

萧的伟大可又在这地方。英系报，日系报，白俄系报，虽然造了一些谣言，而终于全都攻击起来，就知道他决不为帝国主义所利用。至于有些中国报，那是无须多说的，因为原是洋大人的跟丁。这跟也跟得长久了，只在"不抵抗"或"战略关系"上，这才走在他们军队的前面。

萧在上海不到一整天，而故事竟有这么多，倘是别的文人，恐怕不见得会这样的。这不是一件小事情，所以这一本书，也确是重要的文献。在前三个部门之中，就将文人，政客，军阀，流氓，叭儿的各式各样的相貌，都在一个平面镜里映出来了。说萧是凹凸镜，我也不以为确凿。

---

① 毕力涅克：通译为皮利尼亚克（1894—1938），苏联作家。
② 穆杭：通译为莫朗（1888—1976），法国作家。

余波流到北平,还给大英国的记者一个教训:他不高兴中国人欢迎他。二十日路透电说北平报章多登关于萧的文章,是"足证华人传统的不感觉苦痛性"。胡适博士尤其超脱,说是不加招待,倒是最高尚的欢迎。

"打是不打,不打是打!"

这真是一面大镜子,真是令人们觉得好像一面大镜子的大镜子,从去照或不愿去照里,都装模作样的显出了藏着的原形。在上海的一部分,虽然用笔和舌的还没有北平的外国记者和中国学者的巧妙,但已经有不少的花样。旧传的脸谱本来也有限,虽有未曾收录的,或后来发表的东西,大致恐怕总在这谱里的了。

一九三三年二月二十八日灯下,鲁迅。

哈谟生的几句话 [1]

《朝花》六期上登过一篇短篇的瑙威作家哈谟生，去年日本出版的《国际文化》上，将他算作左翼的作家，但看他几种作品，如《维多利亚》和《饥饿》里面，贵族底的处所却不少。

不过他在先前，很流行于俄国。二十年前罢，有名的杂志《Nieva》上，早就附印他那时为止的全集了。大约他那尼采和陀思妥夫斯基气息，正能得到读者的共鸣。十月革命后的论文中，也有时还在提起他，可见他的作品在俄国影响之深，至今还没有忘却。

他的许多作品，除上述两种和《在童话国里》——俄国的游记——之外，我都没有读过。去年，在日本片山正雄作的《哈谟生传》里，看见他关于托尔斯泰和伊孛生的意见，又值这两个文豪的诞生百年纪念，原是想绍介的，但因为太零碎，终于放下了。今年搬屋理书，又看见了这本传记，便于三闲时译在下面。

---

[1] 选自《集外集拾遗》。哈谟生：通译为哈姆生（1859—1952），挪威小说家。获1920年诺贝尔文学奖。

那是在他三十岁时之作《神秘》里面的，作中的人物那该尔的人生观和文艺论，自然也就可以看作作者哈谟生的意见和批评。他跺着脚骂托尔斯泰——

> "总之，叫作托尔斯泰的汉子，是现代的最为活动底的蠢才，……那教义，比起救世军的唱 Halleluiah（上帝赞美歌——译者）来，毫没有两样。我并不觉得托尔斯泰的精神比蒲斯大将（那时救世军的主将——译者）深。两个都是宣教者，却不是思想家。是买卖现成的货色的，是弘布原有的思想的，是给人民廉价采办思想的，于是掌着这世间的舵。但是，诸君，倘做买卖，就得算算利息，而托尔斯泰却每做一回买卖，就大折其本……不知沉默的那多嘴的品行，要将愉快的人世弄得铁盘一般平坦的那努力，老嬉客似的那道德底的唠叨，像煞雄伟一般不识高低地胡说的那坚决的道德，一想到他，虽是别人的事，脸也要红起来……。"

说也奇怪，这简直好像是在中国的一切革命底和遵命底的批评家的暗疮上开刀。至于对同乡的文坛上的先辈伊孛生——尤其是后半期的作品——是这样说——

> "伊孛生是思想家？通俗的讲谈和真的思索之间，放一点小小的区别，岂不好么？诚然，伊孛生是有名人物呀。也不妨尽讲伊孛生的勇气，讲到人耳朵里起茧罢。然而，论理底勇气和实行底勇气之间，舍了私欲的不羁

独立的革命底勇猛心和家庭底的煽动底勇气之间，莫非不见得有放点小小的区别的必要么？其一，是在人生上发着光芒，其一，不过是在戏园里使看客咋舌……要谋叛的汉子，不带软皮手套来捏钢笔杆这一点事，是总应该做的，不应该是能做文章的一个小畸人，不应该仅是为德国人的文章上的一个概念，应该是名曰人生这一个热闹场里的活动底人物。伊孛生的革命底勇气，大约是确不至于陷其人于危地的。箱船之下，敷设水雷之类的事，比起活的，燃烧似的实行来，是贫弱的桌子上的空论罢了。诸君听见过撕开苎麻的声音么？嘻嘻嘻，是多么盛大的声音呵。"

这于革命文学和革命，革命文学家和革命家之别，说得很露骨，至于遵命文学，那就不在话下了。也许因为这一点，所以他倒是左翼底罢，并不全在他曾经做过各种的苦工。

最颂扬的，是伊孛生早先文坛上的敌对，而后来成了儿女亲家的毕伦存[①]（B. Björnson）。他说他活动着，飞跃着，有生命。无论胜败之际，都贯注着个性和精神。是有着灵感和神底闪光的瑙威惟一的诗人。但我回忆起看过的短篇小说来，却并没有看哈谟生作品那样的深的感印。在中国大约并没有什么译本，只记得有一篇名叫《父亲》的，至少翻过了五回。

[①] 毕伦存：通译为比昂松（1832—1910），挪威戏剧家、诗人、小说家。获1903年诺贝尔文学奖。

哈谟生的作品我们也没有什么译本。五四运动时候，在北京的青年出了一种期刊叫《新潮》，后来有一本《新著绍介号》，预告上似乎是说罗家伦先生要绍介《新地》（*Neue Erde*）。这便是哈谟生做的，虽然不过是一种倾向小说，写些文士的生活，但也大可以借来照照中国人。所可惜的是这一篇绍介至今没有印出罢了。

三月三日，于上海。

藤野先生①

东京也无非是这样。上野的樱花烂熳的时节,望去确也像绯红的轻云,但花下也缺不了成群结队的"清国留学生"的速成班,头顶上盘着大辫子,顶得学生制帽的顶上高高耸起,形成一座富士山。也有解散辫子,盘得平的,除下帽来,油光可鉴,宛如小姑娘的发髻一般,还要将脖子扭几扭。实在标致极了。

中国留学生会馆的门房里有几本书买,有时还值得去一转;倘在上午,里面的几间洋房里倒也还可以坐坐的。但到傍晚,有一间的地板便常不免要咚咚咚地响得震天,兼以满房烟尘斗乱;问问精通时事的人,答道,"那是在学跳舞。"

到别的地方去看看,如何呢?

我就往仙台的医学专门学校去。从东京出发,不久便到一处驿站,写道:日暮里。不知怎地,我到现在还记得这名目。其次却只记得水户了,这是明的遗民朱舜水先生客死的地方。仙台是一个市镇,并不大;冬天冷得利害;还没有中国的学生。

---

① 选自《朝花夕拾》。

大概是物以希为贵罢。北京的白菜运往浙江，便用红头绳系住菜根，倒挂在水果店头，尊为"胶菜"；福建野生着的芦荟，一到北京就请进温室，且美其名曰"龙舌兰"。我到仙台也颇受了这样的优待，不但学校不收学费，几个职员还为我的食宿操心。我先是住在监狱旁边一个客店里的，初冬已经颇冷，蚊子却还多，后来用被盖了全身，用衣服包了头脸，只留两个鼻孔出气。在这呼吸不息的地方，蚊子竟无从插嘴，居然睡安稳了。饭食也不坏。但一位先生却以为这客店也包办囚人的饭食，我住在那里不相宜，几次三番，几次三番地说。我虽然觉得客店兼办囚人的饭食和我不相干，然而好意难却，也只得别寻相宜的住处了。于是搬到别一家，离监狱也很远，可惜每天总要喝难以下咽的芋梗汤。

　　从此就看见许多陌生的先生，听到许多新鲜的讲义。解剖学是两个教授分任的。最初是骨学。其时进来的是一个黑瘦的先生，八字须，戴着眼镜，挟着一叠大大小小的书。一将书放在讲台上，便用了缓慢而很有顿挫的声调，向学生介绍自己道：

　　"我就是叫作藤野严九郎的……。"

　　后面有几个人笑起来了。他接着便讲述解剖学在日本发达的历史，那些大大小小的书，便是从最初到现今关于这一门学问的著作。起初有几本是线装的；还有翻刻中国译本的，他们的翻译和研究新的医学，并不比中国早。

　　那坐在后面发笑的是上学年不及格的留级学生，在校已经一年，掌故颇为熟悉的了。他们便给新生讲演每个教授的历史。这藤野先生，据说是穿衣服太模胡了，有时竟会忘记带领结；冬天是一件旧外套，寒颤颤的，有一回上火车去，致使管车的疑心他是扒手，叫车里的客人大家小心些。

他们的话大概是真的，我就亲见他有一次上讲堂没有带领结。

过了一星期，大约是星期六，他使助手来叫我了。到得研究室，见他坐在人骨和许多单独的头骨中间，——他其时正在研究着头骨，后来有一篇论文在本校的杂志上发表出来。

"我的讲义，你能抄下来么？"他问。

"可以抄一点。"

"拿来我看！"

我交出所抄的讲义去，他收下了，第二三天便还我，并且说，此后每一星期要送给他看一回。我拿下来打开看时，很吃了一惊，同时也感到一种不安和感激。原来我的讲义已经从头到末，都用红笔添改过了，不但增加了许多脱漏的地方，连文法的错误，也都一一订正。这样一直继续到教完了他所担任的功课：骨学，血管学，神经学。

可惜我那时太不用功，有时也很任性。还记得有一回藤野先生将我叫到他的研究室里去，翻出我那讲义上的一个图来，是下臂的血管，指着，向我和蔼的说道：

"你看，你将这条血管移了一点位置了。——自然，这样一移，的确比较的好看些，然而解剖图不是美术，实物是那么样的,我们没法改换它。现在我给你改好了,以后你要全照着黑板上那样的画。"

但是我还不服气,口头答应着,心里却想道:

"图还是我画的不错;至于实在的情形,我心里自然记得的。"

学年试验完毕之后,我便到东京玩了一夏天,秋初再回学校,成绩早已发表了,同学一百余人之中,我在中间,不过是没有落第。这回藤野先生所担任的功课,是解剖实习和局部解剖学。

解剖实习了大概一星期,他又叫我去了,很高兴地,仍用了极有抑扬的声调对我说道:

"我因为听说中国人是很敬重鬼的,所以很担心,怕你不肯解剖尸体。现在总算放心了,没有这回事。"

但他也偶有使我很为难的时候。他听说中国的女人是裹脚的,但不知道详细,所以要问我怎么裹法,足骨变成怎样的畸形,还叹息道,"总要看一看才知道。究竟是怎么一回事呢?"

有一天,本级的学生会干事到我寓里来了,要借我的讲义看。我检出来交给他们,却只翻检了一通,并没有带走。但他们一走,邮差就送到一封很厚的信,拆开看时,第一句是:

"你改悔罢!"

这是《新约》上的句子罢,但经托尔斯泰新近引用过的。其时正值日俄战争,托老先生便写了一封给俄国和日本的皇帝的信，开首便是这一句。日本报纸上很斥责他的不逊，爱国青年也愤然，然而暗地里却早受了他的影响了。其次的话，大略是说上年解剖学试验的题目，是藤野先生讲义上做了记号，我预先知道的，所以能有这样的成绩。末尾是匿名。

我这才回忆到前几天的一件事。因为要开同级会，干事便在黑板上写广告，末一句是"请全数到会勿漏为要"，而且在"漏"字旁边加了一个圈。我当时虽然觉到圈得可笑，但是毫不介意，这回才悟出那字也在讥刺我了，犹言我得了教员漏泄出来的题目。

我便将这事告知了藤野先生；有几个和我熟识的同学也很不平，一同去诘责干事托辞检查的无礼，并且要求他们将检查的结果，发表出来。终于这流言消灭了，干事却又竭力运动，要收回那一封匿名信去。结末是我便将这托尔斯泰式的信退还了他们。

中国是弱国，所以中国人当然是低能儿，分数在六十分以上，便不是自己的能力了：也无怪他们疑惑。但我接着便有参观枪毙中国人的命运了。第二年添教霉菌学，细菌的形状是全用电影来显示的，一段落已完而还没有到下课的时候，便影几片时事的片子，自然都是日本战胜俄国的情形。但偏有中国人夹在里边：给俄国人做侦探，被日本军捕获，要枪毙了，围着看的也是一群中国人；在讲堂里的还有一个我。

"万岁！"他们都拍掌欢呼起来。

这种欢呼，是每看一片都有的，但在我，这一声却特别听得刺耳。此后回到中国来，我看见那些闲看枪毙犯人的人们，他们也何尝不酒醉似的喝采，——呜呼，无法可想！但在那时那地，我的意见却变化了。

到第二学年的终结，我便去寻藤野先生，告诉他我将不学医学，并且离开这仙台。他的脸色仿佛有些悲哀，似乎想说话，但竟没有说。

"我想去学生物学，先生教给我的学问，也还有用的。"其实我并没有决意要学生物学，因为看得他有些凄然，便说了一个慰安他的谎话。

"为医学而教的解剖学之类，怕于生物学也没有什么大帮助。"他叹息说。

将走的前几天，他叫我到他家里去，交给我一张照相，后面写着两个字道："惜别"，还说希望将我的也送他。但我这时适值没有照相了；他便叮嘱我将来照了寄给他，并且时时通信告诉他此后的状况。

我离开仙台之后，就多年没有照过相，又因为状况也无聊，说起来无非使他失望，便连信也怕敢写了。经过的年月一多，话更无从说起，所以虽然有时想写信，却又难以下笔，这样的一直到现在，竟没有寄过一封信和一张照片。从他那一面看起来，是一去之后，杳无消息了。

但不知怎地，我总还时时记起他，在我所认为我师的之中，他是最使我感激，给我鼓励的一个。有时我常常想：他的对于我的热心的希望，不倦的教诲，小而言之，是为中国，就是希望中国有新的医学；大而言之，是为学术，就是希望新的医学传到中国去。他的性格，在我的眼里和心里是伟大的，虽然他的姓名并不为许多人所知道。

他所改正的讲义，我曾经订成三厚本，收藏着的，将作为永久的纪念。不幸七年前迁居的时候，中途毁坏了一口书箱，失去半箱书，恰巧这讲义也遗失在内了。责成运送局去找寻，寂无回信。只有他的照相至今还挂在我北京寓居的东墙上，书桌对面。每当夜间疲倦，正想偷懒时，仰面在灯光中瞥见他黑瘦的面貌，似乎正要说出抑扬顿挫的话来，便使我忽又良心发现，而且增加勇气了，于是点上一枝烟，再继续写些为"正人君子"之流所深恶痛疾的文字。

十月十二日。

埃罗先珂[①]

一九二一年五月二十八日日本放逐了一个俄国的盲人以后，他们的报章上很有许多议论，我才留心到这漂泊的失明的诗人华希理·埃罗先珂。

然而埃罗先珂并非世界上赫赫有名的诗人；我也不甚知道他的经历。所知道的只是他大约三十余岁，先在印度，以带着无政府主义倾向的理由，被英国的官驱逐了；于是他到日本，进过他们的盲哑学校，现在又被日本的官驱逐了，理由是有宣传危险思想的嫌疑。

日英是同盟国，兄弟似的情分，既然被逐于英，自然也一定被逐于日的；但这一回却添上了辱骂与殴打。也如一切被打的人们，往往遗下物件或鲜血一样，埃罗先珂也遗下东西来，这是他的创作集，一是《天明前之歌》，二是《最后之叹息》。

现在已经出版的是第一种，一共十四篇，是他流寓中做给日本人看的童话体的著作。通观全体，他于政治经济是没有

[①] 选自《译文序跋集》，题目为编者所加，原题为《〈狭的笼〉译者附记》。

兴趣的，也并不藏着什么危险思想的气味；他只有着一个幼稚的，然而优美的纯洁的心，人间的疆界也不能限制他的梦幻，所以对于日本常常发出身受一般的非常感愤的言辞来。他这俄国式的大旷野的精神，在日本是不合式的，当然要得到打骂的回赠，但他没有料到，这就足见他只有一个幼稚的然而纯洁的心。我掩卷之后，深感谢人类中有这样的不失赤子之心的人与著作。

这《狭的笼》便是《天明前之歌》里的第一篇，大约还是漂流印度时候的感想和愤激。他自己说：这一篇是用了血和泪所写的。单就印度而言，他们并不戚戚于自己不努力于人的生活，却愤愤于被人禁了"撒提①"，所以即使并无敌人，也仍然是笼中的"下流的奴隶"。

广大哉诗人的眼泪，我爱这攻击别国的"撒提"之幼稚的俄国盲人埃罗先珂，实在远过于赞美本国的"撒提"受过诺贝尔奖金的印度诗圣泰戈尔；我诅咒美而有毒的曼陀罗华。

一九二一年八月十六日，译者记。

---

① 撒提：梵文 Sati 的音译，原义为"贞节的妇女"。印度旧时的一种封建习俗，丈夫死后，妻子即随同丈夫的尸体一起焚烧。

阿尔志跋绥夫 ①

阿尔志跋绥夫（M. Artsybashev）在一八七八年生于南俄的一个小都市；据系统和氏姓是鞑靼人，但在他血管里夹流着俄，法，乔具亚②（Georgia），波兰的血液。他的父亲是退职军官；他的母亲是有名的波兰革命者珂修支珂（Kosciusko）的曾孙女，他三岁时便死去了，只将肺结核留给他做遗产。他因此常常生病，一九〇五年这病终于成实，没有全愈的希望了。

阿尔志跋绥夫少年时，进了一个乡下的中学一直到五年级；自己说：全不知道在那里做些甚么事。他从小喜欢绘画，便决计进了哈理珂夫（Kharkov）绘画学校，这时候是十六岁。其时他很穷，住在污秽的屋角里而且挨饿，又缺钱去买最要紧的东西：颜料和麻布。他因为生计，便给小日报画些漫画，做点短论文和滑稽小说，这是他做文章的开头。

在绘画学校一年之后，阿尔志跋绥夫便到彼得堡，最初二年，做一个地方事务官的书记。一九〇一年，做了他第一篇的小说《都玛罗夫》（Pasha Tumarov），是显示俄国中学

---

① 选自《译文序跋集》，题目为编者所加，原题为《译了〈工人绥惠略夫〉之后》。
② 乔具亚：通译为格鲁吉亚。

的黑暗的；此外又做了两篇短篇小说。这时他被密罗留翻夫（Miroljubov）赏识了，请他做他的杂志的副编辑，这事于他的生涯上发生了很大的影响：使他终于成了文人。

一九〇四年阿尔志跋绥夫又发表几篇短篇小说，如《旗手戈罗波夫》，《狂人》，《妻》，《兰兑之死》等，而最末的一篇使他有名。一九〇五年发生革命了，他也许多时候专做他的事：无治的个人主义（Anarchistische Individualismus）的说教。他做成若干小说，都是驱使那革命的心理和典型做材料的；他自己以为最好的是《朝影》和《血迹》。这时候，他便得了文字之祸，受了死刑的判决，但俄国官宪，比欧洲文明国虽然黑暗，比亚洲文明国却文明多了，不久他们知道自己的错误，阿尔志跋绥夫无罪了。

此后，他便将那发生问题的有名的《赛宁》（Sanin）出了版。这小说的成就，还在做《革命的故事》之前，但此时才印成一本书籍。这书的中心思想，自然也是无治的个人主义或可以说个人的无治主义。赛宁的言行全表明人生的目的只在于获得个人的幸福与欢娱，此外生活上的欲求，全是虚伪。他对他的朋友说：

"你说对于立宪的烦闷，比对于你自己生活的意义和趣味尤其多。我却不信。你的烦闷，并不在立宪问题，只在你自己的生活不能使你有趣罢了。我这样想。倘说不然，便是说谎。又告诉你，你的烦闷也不是因为生活的不满,只因为我的妹子理陀不爱你,这是真的。"

他的烦闷既不在于政治,便怎样呢?赛宁说:

"我只知道一件事,我不愿生活于我有苦痛。所以应该满足了自然的欲求。"

赛宁这样实做了。

这所谓自然的欲求,是专指肉体的欲,于是阿尔志跋绥夫得了性欲描写的作家这一个称号,许多批评家也同声攻击起来了。

批评家的攻击,是以为他这书诱惑青年。而阿尔志跋绥夫的解辩,则以为"这一种典型,在纯粹的形态上虽然还新鲜而且希有,但这精神却寄宿在新俄国的各个新的,勇的,强的代表者之中。"

批评家以为一本《赛宁》,教俄国青年向堕落里走,其实是武断的。诗人的感觉,本来比寻常更其锐敏,所以阿尔志跋绥夫早在社会里觉到这一种倾向,做出《赛宁》来。人都知道,十九世纪末的俄国,思潮最为勃兴,中心是个人主义;这思潮渐渐酿成社会运动,终于现出一九〇五年的革命。约一年,这运动慢慢平静下去,俄国青年的性欲运动却显著起来了;但性欲本是生物的本能,所以便在社会运动时期,自然也参互在里面,只是失意之后社会运动熄了迹,这便格外显露罢了。阿尔志跋绥夫是诗人,所以在一九〇五年之前,已经写出一个以性欲为第一义的典型人物来。

这一种倾向，虽然可以说是人性的趋势，但总不免便是颓唐。赛宁的议论，也不过一个败绩的颓唐的强者的不圆满的辩解。阿尔志跋绥夫也知道，赛宁只是现代人的一面，于是又写出一个别一面的绥惠略夫来，而更为重要。他写给德国人毕拉特（A. Billard）的信里面说：

"这故事，是显示着我的世界观的要素和我的最重要的观念。"

阿尔志跋绥夫是主观的作家，所以赛宁和绥惠略夫的意见，便是他自己的意见。这些意见，在本书第一,四,五,九,十,十四章里说得很分明。

人是生物，生命便是第一义，改革者为了许多不幸者们，"将一生最宝贵的去做牺牲"，"为了共同事业跑到死里去"，只剩了一个绥惠略夫了。而绥惠略夫也只是偷活在追蹑里，包围过来的便是灭亡；这苦楚，不但与幸福者全不相通，便是与所谓"不幸者们"也全不相通，他们反帮了追蹑者来加迫害，欣幸他的死亡，而"在别一方面，也正如幸福者一般的糟蹋生活"。

绥惠略夫在这无路可走的境遇里，不能不寻出一条可走的道路来；他想了，对人的声明是第一章里和亚拉藉夫的闲谈，自心的交争是第十章里和梦幻的黑铁匠的辩论。他根据着"经验"，不得不对于托尔斯泰的无抵抗主义发生反抗，而且对于不幸者们也和对于幸福者一样的宣战了。

于是便成就了绥惠略夫对于社会的复仇。

阿尔志跋绥夫是俄国新兴文学典型的代表作家的一人，流派是写实主义，表现之深刻，在侪辈中称为达了极致。但我们在本书里，可以看出微微的传奇派色采来。这看他寄给毕拉特的信也明白：

> "真的，我的长发是很强的受了托尔斯泰的影响，我虽然没有赞同他的'勿抗恶'的主意。他只是艺术家这一面使我佩服，而且我也不能从我的作品的外形上，避去他的影响，陀思妥夫斯奇①（Dostojevski）和契诃夫（Tshekhov）也差不多是一样的事。雩俄②（Victor Hugo）和瞿提③（Goethe）也常在我眼前。这五个姓氏便是我的先生和我的文学的导师的姓氏。
>
> "我们这里时时有人说，我是受了尼采（Nietzsche）的影响的。这在我很诧异，极简单的理由，便是我并没有读过尼采。……于我更相近，更了解的是思谛纳尔（Max Stirner）"。

然而绥惠略夫却确乎显出尼采式的强者的色采来。他用了力量和意志的全副，终身战争，就是用了炸弹和手枪，反抗而且沦灭（Untergehen）。

---

① 陀思妥夫斯奇：通译为陀思妥耶夫斯基（1821—1881），俄国作家。
② 雩俄：通译为雨果（1802—1885），法国作家。
③ 瞿提：通译为歌德（1749—1832），德国诗人、作家。

阿尔志跋绥夫是厌世主义的作家，在思想黯淡的时节，做了这一本被绝望所包围的书。亚拉藉夫说是"愤激"，他不承认。但看这书中的人物，伟大如绥惠略夫和亚拉藉夫——他虽然不能坚持无抵抗主义，但终于为爱做了牺牲，——不消说了；便是其余的小人物，借此衬出不可救药的社会的，也仍然时时露出人性来，这流露，便是于无意中愈显出俄国人民的伟大。我们试在本国一搜索，恐怕除了帐幔后的老男女和小贩商人以外，很不容易见到别的人物；俄国有了，而阿尔志跋绥夫还感慨，所以这或者仍然是一部"愤激"的书。

　　这一篇，是从 S. Bugow und A. Billard 同译的《革命的故事》（Revolutions-geschichten）里译出的，除了几处不得已的地方，几乎是逐字译。我本来还没有翻译这书的力量，幸而得了我的朋友齐宗颐君给我许多指点和修正，这才居然脱稿了，我很感谢。

　　　　　　　　　一九二一年四月十五日记。